Œuvres choisies

de

Jean Lahor

Précédées d'une Biographie

PRÉFACE

DE

S. ROCHEBLAVE

LIBRAIRIE DES ANNALES

Politiques et Littéraires

9, RUE BONAPARTE, 9

PARIS

Œuvres choisies

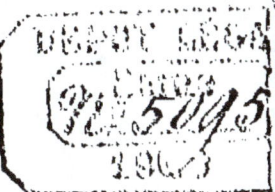

JEAN LAHOR

Œuvres choisies

PRÉCÉDÉES D'UNE BIOGRAPHIE

PRÉFACE

DE

S. ROCHEBLAVE

LIBRAIRIE DES ANNALES
Politiques et Littéraires
51, rue Saint-Georges et rue Bonaparte, 9
PARIS

La mort soudaine de Jean Lahor a fait de ce livre, dont il avait pu corriger presque toutes les épreuves, un livre posthume. Rien n'a été changé à sa composition. Il paraît donc tel que le poète l'avait préparé, mais avec la consécration que la mort donne aux paroles suprêmes. Ces paroles suprêmes, on les trouvera reproduites, presque en entier, dans les *Notes et Fragments biographiques*. Elles sont, au sens strict du terme, le testament de sa pensée, et le dernier mot d'un mourant sur le sens de la vie.

S. R.

PRÉFACE

Le très noble poète, le penseur original qu'est Jean Lahor est depuis longtemps connu du public artiste et lettré. Les réimpressions de l'Illusion, toujours remaniées par le scrupuleux écrivain, font de chaque édition de ce volume, dont l'édition originale remonte à 34 ans (1875) une œuvre en un sens nouvelle. A trente-cinq ans, le poète avait donc produit son chef-d'œuvre, et un chef-d'œuvre dans lequel il ne s'est pas enseveli, quoiqu'il l'ait perfectionné sans relâche. Le poème de l'Illusion avait été précédé et comme annoncé par plusieurs volumes de vers et de prose : Melancholia (1868), le Livre du Néant (1872). Il fut suivi d'autres poèmes et d'autres ouvrages en prose : Le Cantique des Cantiques (1885), une très belle et très émouvante Histoire de la Littérature Hindoue (1888), les Quatrains d'Al-Ghazali (1896), la Gloire du Néant (reprise et refonte

du Livre du Néant, *1896) ; le* Bréviaire d'un Panthéiste (*1907), etc.*

 *Chevauchant sur cette série de poèmes (car la prose
de Jean Lahor est encore de la poésie), une seconde
et une troisième série de travaux, d'un caractère différent, mais non contradictoire, ont continué l'œuvre
du poète par celle du sociologue artiste, et celle du
sociologue artiste par celle du médecin. Le docteur
Cazalis complète Jean Lahor. L'homme de science
achève l'homme de poésie. Ou plutôt ces deux
hommes sont inséparables. Ils sont nés, ils ont grandi
ensemble ; ils se sont éclairés à la lumière l'un de
l'autre, faisant converger leurs rayons scrutateurs
sur cet objet unique de leurs recherches, l'Être, tantôt
poursuivi en soi, dans son essence pure, et tantôt
poursuivi dans ses incarnations passagères, indi-
vidus ou races, dans les êtres. Ici donc, c'est le problème métaphysique de l'inconnaissable ; là, le problème physiologique de la vie et de la mort, de l'amélioration ou de la décadence des peuples. C'est
au centre d'une cosmogonie religieuse et scientifique que se place tout entière l'œuvre de Jean
Lahor. Sous sa diversité, sous ses contradictions
apparentes, se cache une unité foncière. Et, au plus
profond de cette unité, une « humanité » de la qua-
lité la plus fière et la plus rare.*

C'est pour dégager cette unité, pour la rendre plus sensible, non pas sans doute aux délicats qui ont pu suivre chez Lahor la courbe de son évolution, mais au public, à ce « grand public » qui s'en tient d'ordinaire, sur un homme, à un seul livre, que le présent volume a été composé. Dans la pensée de l'éditeur, ce volume marque en quelque sorte les stades de la vie intellectuelle de Lahor et du Dʳ Cazalis ; et il associe la prose aux vers dans la mesure même où les « idées » de l'auteur se sont exprimées sous chacune de ces formes. C'est d'ailleurs dans la même mesure que l'auteur a passé de sa philosophie de la vie à la vie pratique, et du rêve à l'action.

Comment s'est fait ce passage, et par quelle singulière élaboration mentale le poète a-t-il su tirer d'une philosophie négative la nécessité de l'action sociale et l'invention de nouveaux instruments de bienfaisance, c'est ce qu'il faudrait démontrer ici, et ce que nous ferions, si le poète, pris d'un désir naturel de fixer l'histoire de sa pensée, n'avait consigné cette histoire, mais pour lui surtout, dans une autobiographie à laquelle il nous a permis de faire quelques emprunts. On lira un peu plus loin ces pages encore toute vibrantes du combat intérieur. Rappelons succinctement les étapes qui furent ainsi franchies. Ce sera expliquer du même coup comment l'auteur de

l'Illusion *est devenu logiquement celui* de Science
et Mariage *; comment l'auteur de la* Littérature
Hindoue *devait écrire deux traités sur les* Habitations *et* l'Alimentation à bon marché; *comment enfin*
ce pessimiste, ou cet agnostique, 'devait aboutir à
un « philanthropisme » passionné, d'autant plus
noble qu'il n'attend aucune récompense ici-bas ni
ailleurs.

Dès vingt ans, cherchant un sens à la vie, étudiant
mélancolique épris de rythme et de musique, il
s'écarte du catholicisme pour s'incliner vers une sorte
de rêverie germanique qui, en peu de temps, le mène
au panthéisme. Les poèmes de Gœthe, de Rückert,
certaines œuvres des penseurs allemands lus dans
les forêts de l'Alsace et de la Forêt-Noire, lui sont
comme une initiation à cette littérature hindoue au
sein de laquelle il se plongera et se perdra comme un
yoghi dans la jungle. Il est alors obsédé de l'idée
de l' « illusion », de cette Maïa *dont il a fait sa*
muse, et dont il a désormais consacré le nom dans
la littérature. C'est sa première étape. Mais bientôt
le néant caché sous la splendeur, les gloires de
l'Illusion, l'obsède à son tour. Ce néant de l'être
se représente à lui, avec une désolante fixité : « Et
des hauteurs du rêve panthéiste, dont je m'étais
quelque temps si puissamment enivré, je descendis,

*par une pente que je crois fatale, vers la conception
pessimiste et nihiliste de l'univers. »*

Le voilà donc nihiliste : second stade. La pathologie, Darwin, le spectacle des hôpitaux, l'évanouissement et la résolution successive des sciences les uns
en les autres, pour aboutir à la notion d'un perpétuel devenir et de l'irréalité de toutes les apparences,
tout cela l'amène au mot terrible du Bouddha, « la
forme est vide, et la connaissance est vide ». *La
vie avec son aspect fantômal n'est donc plus qu'un
rêve, et celui-ci est la seule réalité. Le coup d'œil
que le poète jette alors sur les choses est d'une singulière profondeur. M. Chevrillon le caractérise ainsi,
dans une belle étude sur Shelley :* « Shelley regarde
la Nature, et soudain elle lui apparaît un fantôme.
Rien de plus rare que ces brusques et profonds coups
d'œil de voyant. En France, Jean Lahor, qui par
certains côtés le rappelle, semble seul les avoir connus ;
et la Nature pour lui, peuplée de pâles figures lumineuses, demi-noyées dans une pénombre, est bien
plus une Maïa, que celle de Leconte de Lisle, d'un
relief si fort et si précis. »

Au fond de ce Néant, va-t-il s'enliser ? Il le pourrait certes, et il en a sans doute été tenté. L'épicurisme, le nirvâna, ne lui offrait-il pas son abri ?
Mais le sang trop actif de l'arya latin devait réagir

contre la suggestion orientale. Et puis, l'homme de
science, le médecin veillait. Et de ce Néant il va
chanter la Gloire ; et cette apothéose même, sorte de
chant désespéré qui sonne la révolte au sein de l'ac-
ceptation résignée, annonce un sursaut de la volonté
et une prochaine marche vers l'action quand
même. Cette fois, nous touchons au « pessimisme
héroïque », à la troisième et dernière étape.

Soit, le monde est mauvais ; et l'homme est dupe de
la vie qui est illusoire. Mais la souffrance, mais le
mal est une réalité, mais la sympathie humaine est
une certitude. Et, par-dessus toutes ces misères, plane
une idée de relèvement possible, de progrès déjà
accompli, de progrès plus grand encore promis par la
science. La science ! A elle reviendra, grâce à la pitié
des souffrants, la correction graduelle de l'animalité
primitive, l'éducation et le relèvement progressif de ce
troupeau humain si glorieusement commencés déjà
par le génie aryen ! Et voilà le pessimiste de na-
guère à l'œuvre, à l'œuvre non pour lui et pour la satisfaction de sa pensée, mais pour les autres et pour la
satisfaction de son cœur. Cependant le Bouddhisme
s'était révélé à lui ; et la charité, la douceur du Botti-
satwa le pénètrent. A l'action, maintenant ! Ce que
le penseur ne saurait ou ne pourrait, le médecin
l'ose, et l'exécute. Le champ de l'action sociale s'ouvre

à perte de vue. Et en quel temps ! En un temps triste et superbe, dont les malheurs ont d'abord contracté et révolté son âme : l'abaissement de la patrie, cette guerre affreuse où mourut héroïquement son meilleur ami H. Regnault, une Allemagne de lucre et de sang succédant à l'Allemagne idéaliste du commencement du XIXe siècle. Triste temps certes ! et temps peut-être avant-coureur d'un grand essor futur, à voir les conquêtes de la science, la bienfaisance persistante de la pensée française, et le génie qui se manifeste en l'œuvre d'un Pasteur.

Et le médecin entraîne aussitôt le poète, et l'artiste se joint à tous les deux. Que faut-il faire pour améliorer l'homme et sa vie, physique, morale, mentale ? pour préparer, dans les générations actuelles, des générations plus saines, plus fortes, plus pures ? Courir au plus pressé. Dans les hôpitaux, dans les logis insalubres, dans les écoles, dans les campagnes, verser à profusion les conseils éclairés, les secours, le bien-être ; faire la guerre partout à la laideur, aux ténèbres, à la routine, à la saleté. Créer de l'hygiène d'abord, et de là ses deux livres, les Habitations et l'Alimentation à bon marché ; — de la vraie beauté, de celle selon la nature et non selon l'Académie : et de là l'Art pour le peuple à défaut de l'Art par le peuple ; — *de la moralité par le savoir et la prévoyance : et de là* la Science et le Mariage *; — un « art social » enfin, habita* le futur *des masses que les masses peu à peu imprégneront de leur âme encore vague, et qui fera peu à peu sentir la douceur de vivre à ceux qui n'en sentaient guère que la douleur.*

Ainsi se clôt le cycle du médecin-poète, sur un rêve d'art et d'humanité. A lui seul, il se trouve avoir refait, en quelque trente ans, le chemin accompli par quelque soixante siècles de pensée aryenne. Arrivé au bout de sa course, il répète, avec son sage Al-Ghazali :

« Tu as cherché le secret du monde dans la nature, l'école et la mosquée ; tu l'as cherché de ville en ville ; tu l'as demandé aux sages ; tu t'en es retourné sans réponse, triste, vieilli, fatigué.

« Contente-toi, pour la fin de tes jours, des quelques certitudes qui te sont fournies par la science humaine, de parcelles de vérité, toutes appliquées au bien des hommes. »

* * *

Même réduite à cette grossière analyse, la beauté spirituelle d'une telle évolution, et son unité, s'imposent à l'esprit.

Des conceptions si élevées eussent été ruinées par une exécution médiocre. Il reste donc à dire si ce « poète d'idées » vaut qu'on s'arrête à ses vers autant qu'à ses idées.

Sa forme poétique est très belle. C'est une des plus belles qui soient parmi les poètes du XIXe siècle, et ce n'est pas peu dire. Mais les idées aussi de Jean Lahor, quoique étonnamment diversifiées sur certains thèmes, se groupent toutes autour d'un noyau de pensées, qui présentent toujours un air de famille. Et la forme poétique la plus naturellement propre à traduire ces idées s'est présentée d'elle-même au poète, qui semble n'avoir pas eu à la chercher. La fusion du rythme et de la pensée a dû être immédiate : cela se voit, cela se sent. Une telle exécution exclut l'idée de labeur, comme aussi celle de négligence. Le poète n'a donné vie, sous les espèces du rythme, qu'à ce qu'il sentait vivre en son cerveau et et prêt à s'en détacher sous les lois du nombre. Aussi, en outre de ce premier bonheur, en a-t-il par surcroît rencontré un second : point de remplissage, de placage, dû au désir de l'effet ; point de « rhétorique » non plus, de virtuosité pour le seul plaisir. Cet hindou est un latin, et sa luxuriance est sobre. Son vers est musical par excellence, et il règne entre ses cadences, savantes et pourtant attendues, quelque

b

chose de la parenté qui règne parmi celles de l'harmonieux Glück. Il est savant sans viser à être habile. Il ne parle que pour dire ce qui l'a ému. Enfin, et c'est le principal, il est lui-même.

C'est ce qui rend sa langue poétique reconnaissable aisément. Elle a les mollesses et les tendresses orientales; elle n'en a pas les éclats excessifs. Les mêmes peintures, qui fournirent à un Leconte de Lisle les couleurs d'une mosaïque d'émaux, donnent chez Lahor le moelleux caressant d'un tapis de Perse. C'est qu'il a lui-même une âme caressante, et qu'une grâce attendrie se mêle aux spectacles les plus affreux qu'il nous montre, car ils ne sont montrés aux sens que pour être sentis par l'esprit. Jean Lahor n'est donc le disciple de personne, pas même et surtout pas de Leconte de Lisle, qu'il admirait d'ailleurs profondément. Il n'est à la suite d'aucun chef d'école; il est seul, et il se suffit.

Que sa poésie, celle de l'Illusion, et des Quatrains d'Al-Ghazali, n'ait point connu certaines langueurs morbides de l'Orient, et n'ait point exprimé, jusqu'à l'énervement parfois, les délices de la chair, il serait superflu de le nier, et naïf de le lui reprocher, vu la nature de son sujet. On remarquera pourtant que si jamais la chair fut spiritualisée dans des vers de volupté, c'est chez Jean Lahor. Le poète est ici troublant parce qu'il est troublé ; et il ne s'attache en quelque sorte au corporel de l'amour que pour atteindre et en étreindre le spirituel.

Si toutefois cette note est fréquente, elle est fort loin d'être la seule. L'amant de la Maïa est, certes, un admirable poète. Plus admirable encore est le chrétien lointain, qui, du fond de sa tradition atavique, jette ce correctif au pessimisme oriental :

Du moins soyez bénis, illusions d'une heure,
O songes fugitifs, mirages d'un moment,
Terre qui me portais, ô troublante demeure,
Où l'homme endort un peu sa misère en aimant ;

Où dans les jardins clairs qu'alanguissent les plantes,
Sous les enchantements de la lune d'été,
Nos âmes se fondaient sur nos bouches brûlantes,
Échangeant des serments d'amour illimité !

Et ces autres vers, encore plus significatifs :

J'aurais du moins l'orgueil que mon âme est sans haine,

Et que notre misère a su créer un jour
Ce qui ne se voit point en tes mornes abîmes ;
La vertu, la pitié, les tendresses sublimes,
Et l'absolu du beau, du juste et de l'amour !

Il faut entendre pleinement ces deux notes, et les résoudre en leur noble harmonie, pour avoir du

poète une idée un peu complète. Et il faut aussi
remarquer que la seconde est la plus accentuée, celle
qui marque le point d'arrêt de toute la production
de sa maturité.

> Des tristes, des souffrants, de tant d'âmes qui pleurent
> Approche avec amour, et les viens relever,
> C'est en luttant, souffrant, en mourant comme ils meurent,
> Qu'ils t'ont permis de vivre et permis de rêver.

Enfin, le dernier mot du poète est assurément
dans ce vers :

> Que la religion soit la pitié sans bornes !

Si c'est du pessimisme encore, c'est un pessimisme
trempé de charité chrétienne. On voit, en dernière
analyse, combien différent est Jean Lahor de deux
autres pessimistes, ses glorieux devanciers, Alfred
de Vigny et Leconte de Lisle.

Certes, le poète d'Eloa connut la tendresse
humaine, ou du moins la compassion. Et le vers
fameux

> J'aime la majesté des souffrances humaines,

est un des plus beaux de la langue et de l'âme fran-
çaises. Mais ce solitaire s'enfermait dans sa tour
d'ivoire, et son émotion était surtout intellectuelle.

La célèbre strophe des Destinées, d'autre part, dit le dédain du réprouvé, la revanche du silence, et ne conclut à rien, qu'à une muette et stoïque résignation. La mort du sage, c'est la mort du loup. Et les hautaines colères de Leconte de Lisle, l'accusation de stupidité, de cruauté qui percent partout chez lui contre les Dieux, disent la révolte de la raison et surtout de l'orgueil individuel plus que la pitié pour l'humanité. On sent trop, chez tous les deux, que c'est une affaire entre la divinité et leur personne. Ils sont distincts de l'humanité, distincts de Dieu aussi. Chez Jean Lahor, chez le panthéiste imprégné de spiritualisme chrétien, ni Dieu n'est à part de l'humanité, ni l'humanité à part de Dieu ; et lui-même se fond dans l'un et dans l'autre. Et ce n'est pas une querelle qu'il cherche au ciel : c'est un problème qu'il cherche à résoudre : avec son esprit d'abord ; puis avec son cœur. Il n'a pas de tour d'ivoire : comment d'ailleurs en bâtir une sur un cabinet de consultations ? Et il n'a jamais pris cette attitude de défi, dont on demeure prisonnier une fois qu'on l'a prise. Ramené du ciel sur la terre par la nécessité de l'action, il a fait de l'action la mesure de la vie bienfaisante, et a corrigé par là tout son pessimisme. Sa résignation est celle du héros ; il a parfaitement défini son pessimisme en le qualifiant

d'héroïque. « *Il faut par la pensée se résigner à
tout, et dans l'action ne se résigner jamais, lutter
comme si l'on devait vaincre, vivre comme si l'on ne
pouvait mourir.* » *Voilà le pur Lahor de la fin.
Qu'on ne s'étonne plus qu'il ait repris à son compte
la devise du Taciturne, et qu'il se soit écrié à la suite
de Gœthe :* « *En avant, par delà les tombeaux !* »

    *Un tel poète, un penseur si original, mériterait
d'être plus connu, même en France. Une élite l'a
toujours goûté, il est vrai. Est-ce assez, et ne vaut-
il pas mieux encore ? Sait-on assez tout ce que ce
beau petit livre,* le Bréviaire d'un Panthéiste, *contient de substance morale, de nobles préceptes, de
fiers conseils ? A-t-on assez remarqué que, dans ce
domaine de la poésie philosophique si rarement
exploré chez nous, Jean Lahor est un des rares, des
très rares, qui nous aient annexé une province nouvelle ? Il est donc juste d'ambitionner pour lui une
notoriété moins discrète. Peut-être celle-ci serait-elle
à notre souhait si l'auteur avait couru après le succès,
ou s'il avait seulement cherché à l'utiliser : car il fut
très vif à l'apparition de* l'Illusion. *Sa réputation,
cependant, ne doit pas porter la peine de sa modestie.
Et plus il fut indépendant, sincère, à l'écart des
groupes et des coteries d'école, plus son beau talent
doit être proclamé et honoré. Ce n'est pas d'ailleurs*

que, même en France, il n'ait reçu des marques d'estime appréciables : les jugements d'un Lemaître, d'un Bourget, d'une Arvède Barine, d'un Chevrillon, et, tout récemment, l'étude développée consacrée à Jean Lahor par une délicate plume féminine [1] sont en sa faveur plus que des symptômes. Cependant, s'il a l'estime en France, c'est hors de France qu'il a l'influence. Il est à remarquer qu'à l'étranger le nom et la réputation de Jean Lahor, en matière d'art social, de philanthropie, d'idées philosophiques, et même de poésie, sont très au-dessus de l'attention qu'on lui accorde parmi nous. C'est ce qui nous donne pour l'avenir bon espoir. Si l'heure de Jean Lahor est déjà venue en Europe, elle viendra chez nous. Elle vient déjà. Et c'est une postérité très prochaine, sûrement, qui dira si c'est à une grande distance de Vigny et de Leconte de Lisle qu'il faut placer le poète de l'Enchantement de Siva, des Vers dorés, et celui qui a fait absoudre le Créateur par sa créature en ce vers profond comme la douleur :

« A jamais sois béni par la souffrance humaine ! »

SAMUEL ROCHEBLAVE.

1. Mme Crouzet Benaben, *Jean Lahor*, Lemerre, in-12°, 1908

JEAN LAHOR

NOTES ET FRAGMENTS BIOGRAPHIQUES

Quelques pages d'un Journal intime de Jean Lahor, rédigées par le poète sur le tard de sa vie, éclairent son œuvre d'une telle lumière, qu'elles ont paru indispensables à placer sous les yeux du lecteur, au seuil de ce livre. Elles en faciliteront l'intelligence, et en démontreront la profonde unité. Il ne s'agit ici, au surplus, que de sentiments et d'idées. Leur origine, leur enchaînement, leur synthèse s'y expriment avec la chaleur de la vie, et sous l'accent de la foi intérieure. On se borne à rassembler ici les fragments essentiels de ces confidences, en les reliant d'un fil biographique très léger.

Henri Cazalis, — en lettres Jean Lahor, — est né en 1840 à Cormeilles-en-Parisis. Son père, né à Montpellier, était un médecin distingué. Son grand-père avait épousé une Danoise, appartenant elle-même à une famille de réfugiés français. Henri Cazalis est venu au monde en quelque sorte sous le double baptême du Nord et du Midi. Jean Lahor accusera bientôt l'atavisme septentrional dans son premier volume de vers *Mélan-cholia* ; plus tard, les pays du soleil le fascineront. Élevé catholique par sa mère, dans une famille à moitié protestante, il subit, très jeune, l'influence profonde de l'abbé Gratry ; influence d'ailleurs purement morale, car, de très bonne heure, il apparaît comme en marge des deux religions qui partageaient sa famille. Laissons-lui la parole :

« Avant la 20e année, j'avais perdu la foi. Mais, par piété peut-être pour la mémoire d'une mère vénérée, et par esprit de justice, je n'ai cessé de garder à l'Eglise catholique, tout agnostique ou presque athée que je fusse, ma gratitude, mon respect, mon admiration, surtout depuis les bas outrages, depuis les persécutions dont la poursuivent certains de ses ennemis héréditaires, aujourd'hui triomphants.

« Je ne pouvais pas oublier ce qu'il y eut de grandeur et de vraie beauté, à certaines époques, en son ordre et sa discipline, et le bien qui en sortit.

« Je ne pouvais oublier davantage que peut-être aucune religion au monde n'a produit une telle floraison d'âmes saintes ; qu'aucune non plus n'a fait naître, et pendant des siècles, une éclosion d'art comparable à l'art religieux roman, byzantin, ogival, à celui de nos cathédrales, de nos Églises, que je préfère à tous les temples grecs, fût-ce de la plus belle, de la plus sévère époque, ceux de Pœstum, de Sicile, de Grèce, tous à peu près les mêmes, grands sans doute, mais monotones ; à l'art de ces merveilles, qui sont les cathédrales de Chartres, d'Amiens, de Reims, de Strasbourg, de Paris,

et le Mont-Saint-Michel, comme de ces merveilles
encore : Saint-Marc de Venise, l'église peut-être de
mon âme tant elle est orientale, et un peu païenne, et
chrétienne cependant, panthéiste en un mot, et de San-
Miniato de Florence, et des Dômes de Sienne et de
Pise, de Monreale.

« Je ne pouvais oublier que l'art des Giotto, des Fra
Angelico, de tous les primitifs italiens, flamands, français ou allemands, si pathétiques, si tendres, si émou-
vants en leur expression de la belle légende évangé-
lique, et l'art des quattrocentistes, et celui même de
Raphaël, de Michel-Ange, ont été inspirés par elle,
comme la tendresse, l'amour infinis de Saint François
d'Assise, l'héroïsme simple de Jeanne d'Arc, les ravisse-
ments, les extases de Sainte Thérèse, les pitiés de Saint
Vincent de Paul.

« Et c'est en souvenir de tout cela que, n'appartenant
à aucune confession religieuse, j'ai gardé le respect,
l'admiration que j'ai dits pour cette vieille Église, dont
les mérites à mes yeux dépassent de beaucoup ses torts
et ses fautes, les crimes parfois même de certains des
siens. Ma critique, comme celle de Lamartine, « c'est l'art
d'admirer » ; et je ne vois, ne me rappelle jamais que
les clartés, quand les clartés sont rayonnantes ; et les
taches, les ombres m'échappent plus ou moins, se perdant, s'évanouissant en elles. »

Il fit ses études, et de bonnes études, au collège
Henri IV. Toutefois, malgré des succès réels, la culture
latino-grecque fit peu d'impression sur lui. Il ne prit
pas le goût, mais plutôt la « nausée », nous dit-il, de

l'enseignement classique. Rien n'avait éveillé chez cet
écolier languissant, et plutôt triste, la faculté d'enthousiasme, qui devait plus tard caractériser l'homme. Sorti
du collège, il n'eut conscience que d'une chose, son
ignorance. Son père, redoutant pour lui la fatigue des
études médicales, le destina d'abord au droit ; cela lui
fit des loisirs. C'est alors qu'il commença à lire. Sa
première découverte, la littérature de l'Orient, lui causa
une sorte d'éblouissement. Sitôt la licence en droit
passée, il alla préparer son premier examen de doctorat
à Strasbourg, dont l'école de Droit était célèbre. Dans
cette noble cité, limitrophe de deux peuples et de deux
civilisations, il eut une révélation nouvelle :

« J'aimai beaucoup l'Alsace. J'avais choisi ma chambre
d'étudiant sur le quai Saint-Nicolas, pour avoir sans
cesse devant les yeux la miraculeuse flèche de la cathédrale, qui les jours d'été semble une grande fleur rouge
montant vers le ciel bleu. Cette cathédrale, que d'émo-
tions elle m'a données avec sa parfaite beauté, ses
ténèbres intérieures, ses vitraux d'où tombaient d'éclatantes ou douces clartés mystiques, avec les hauts et
puissants piliers et presque égyptiens de son chœur,
toute son architecture à la fois si robuste et si fine, et
surtout la merveille de la flèche rouge, si follement
hardie et si délicieusement ciselée !

« Le dimanche, je me promenais dans les forêts des
Vosges ou de la Forêt-Noire, sombres, profondes, mystérieuses, et qui me remplissaient d'un religieux émoi,
autant que la nef de ma chère cathédrale. Elles devin-
rent bientôt à mes yeux comme les temples de cette
foi panthéiste qui déjà troublait ma pensée. Un souffle

panthéiste ne me venait-il pas aussi d'au delà du Rhin, que je respirais ardemment, et qui me pénétra de plus en plus?

« Que d'ivresses, — et quelles ivresses ! — j'aurai dû, plus tard à cette doctrine panthéiste, surtout quand je communiai en elle avec certains grands poëtes de l'Inde et de la Perse, qui pour la traduire ont déployé de si magnifiques images, et qui l'ont exprimée, chantée en des paroles vraiment sublimes, ou toutes rayonnantes, tout enflammées d'adoration ! Je commençai alors à lire Gœthe, Heine, Rückert si inconnu de nous, le Rückert surtout des *Ghazels*, et de la *Sagesse des Brahmanes*. De Gœthe j'admirai jalousement déjà les curiosités infinies, la soif d'universel savoir, le sentiment profond des énergies de la nature, son amour des sciences, autant que de la poésie et de l'art ; et ses découvertes en histoire naturelle me semblaient presque aussi belles et glorieuses que ses *lieder* ou que son *Faust*.

« Le premier examen de doctorat passé, je quittai à regret Strasbourg, sa cathédrale, ces forêts où j'éprouvais l'horreur sacrée, dont sans doute aussi dut frissonner Berlioz quand il créa, en sa *Damnation de Faust*, l'Invocation à la Nature. »

Reçu avocat à Paris, il abandonna aussitôt cette profession, pour aborder, tard et d'autant plus énergiquement, l'étude de la médecine. Sa vie, à cette époque, présentait un singulier contraste :

« Mes journées, je les passais à l'hôpital, dans les salles de dissection, devant le spectacle de la souffrance et de la mort; mes soirées, mes dimanches, je les consacrais à écouter de la musique, dont j'étais passionné, et à visiter des musées, aimant presque autant qu'elle la peinture, la sculpture, les arts décoratifs, l'architecture même, qui à certaines heures peut-être était mon art préféré. Peu d'hommes, je crois, auront eu plus que moi le sens du rythme, de tous les rythmes, et de la joie qu'ils donnent. Et même la beauté, la perfection du rythme en certaines œuvres de la Nature m'aura souvent émerveillé et troublé à ce point, de me faire douter de mes doutes, de mes négations, et croire encore, par moments, à une Intelligence, à un Esprit, inventeur de ce rythme, comme le *Nous* conçu par Anaxagore, ou ce Musicien Céleste Waïmorinen, le Dieu suprême de la religion finlandaise. Peut-être, au fond, suis-je moins un poète qu'un musicien...

« Cette existence, avec de tels contrastes, ne cessait d'éveiller ou d'entretenir en moi des mélancolies, des effrois, et des joies, des enthousiasmes aussi, puisque les deux faces de la Vie, la sombre et la rayonnante, continuellement de la sorte m'apparaissaient tour à tour. »

C'est parmi ces alternatives étranges que Jean Lahor composa la plupart des poèmes de l'*Illusion*. Ceux-ci du reste s'imposèrent à lui plus qu'il ne les chercha. Un certain état de trouble et de vibration nerveuse, qui était son *moment musical*, annonçait toujours chez lui la production poétique, lentement préparée dans l'intérieur subconscient, puis spontanément jaillissante, et alors irrésistible. C'est ainsi que fut écrit le poème capital de l'*Illusion*, l'*Enchantement de Siva*. Frappé par un admirable sujet qu'il avait entrevu dans le *Baghavata-Pourana*, il avait voulu se hâter de réaliser le

poème aussitôt conçu : mais l'éclosion intérieure n'était
pas faite : il échoua d'abord :

« J'essayai de l'écrire ; rien ne vint. De temps en
temps j'y repensais ; rien toujours ; et je finis par n'y
plus songer : c'était trop difficile et trop grand. Mais,
après un ou deux ans, je crois, un matin, étant dans
ce *moment musical* dont j'ai parlé, et qui durait depuis
quelques jours, ébranlé par de la musique religieuse,
par un chant magnifique entendu dans une église où
j'étais entré par hasard, voilà que tout le poème
commença à sourdre et se répandre comme une source
qui s'échappe ; et dans la rue, sous la pluie, sous les
giboulées de mars ou d'avril, en marchant ou en des
voitures, pendant quarante-huit heures je ne cessai
d'en griffonner sur de petits feuillets, les quelques 700
ou 800 vers. J'en coupai beaucoup, et, mon poème fini,
corrigé, je courus le montrer, inquiet de ce qu'il pouvait valoir, à Leconte de Lisle, pour qui j'avais une
admiration profonde, mais dont je n'ai jamais été,
ainsi qu'on l'a prétendu, le disciple. Leconte de Lisle
daigna m'écouter, et la lecture finie : moi aussi, me
dit-il, je l'avais trouvé et noté, ce passage du *Pourana*, et
ce poème je l'avais rêvé aussi ; vous l'avez fait. »

Malgré ce grand encouragement, Jean Lahor se
borna à travailler à sa guise, obscur et isolé. Car ce fut
toujours un solitaire. Homme de lettres, au sens mon-
dain ou professionnel du mot, il ne le fut jamais.

« J'avais lu, je lisais très peu de poètes, ma vie scientifique me prenant et m'occupant de plus en plus ;
j'en voyais très peu aussi ; mes relations s'étaient portées
ailleurs. A cette époque une affection presque frater-

nelle m'unit à l'être de génie qui fut Henri Regnault ;
puis j'entrai dans le groupe d'artistes et d'amis qui
l'entouraient, et dont quelques-uns sont devenus
justement illustres. Tous, ils avaient la flamme, de
grands rêves, et de beaux espoirs ; tous, du talent ; deux
ou trois, comme Regnault, du génie. C'était Saint-
Saëns ; c'était Butin, qui eût été, s'il ne fût mort trop
jeune, le Millet des marins et de la mer ; c'étaient les
peintres Blanchard, Clairin ; c'était une admirable
musicienne, Augusta Holmès, dans toute la splendeur alors de sa beauté de Walkyrie, et qui nous révélait
Wagner, encore presque inconnu ou dédaigné des
Parisiens. L'histoire de ce petit groupe a été parfaitement et très véridiquement contée par M. André
Beaunier dans un livre *Les Souvenirs d'un peintre*, qui
sont les souvenirs de Clairin. »

Cependant il poursuivait brillamment ses études
médicales, soit à Paris, soit à Versailles comme interne
des hôpitaux. Et, peu à peu, il glissait au pessimisme.

« Des hauteurs du rite panthéiste, dont je m'étais
quelque temps si puissamment enivré, je descendais, par
une pente que je crois fatale, vers la conception pessimiste et nihiliste de l'univers.

« L'étude de la pathologie, les idées de Darwin ; le
spectacle de la maladie, de la vieillesse et de la mort, de
la maladie avec le raffinement parfois de ses tortures,
de la vieillesse, avec ses infirmités humiliantes ou
cruelles, de la mort, qui après les agonies lentes,
d'atroces et de longs supplices, nous tue, ou, ce qui est
pis, tue ainsi et nous arrache les êtres les plus tendre-

ment ou les plus passionnément aimés, l'horreur des
pestes, des fléaux de tous genres, des catastrophes vol-
caniques et sismiques fauchant au hasard tant de
milliers d'êtres, et toute l'histoire de l'humanité, et ma
conviction, qui l'explique et qui quelque jour sera confirmée par la science, que l'homme physiologiquement,
originellement, est un être déséquilibré, un être demi-
fou, — capable cependant d'être amélioré et guéri ; —
et la vision, (ignorée, comme tant d'autres, de tout le
XVIIᵉ siècle optimiste, dont l'horizon fut si étroit), la
vision de ces immenses populations noires, de ces troupeaux humains, plongés en l'animalité la plus basse, et
couvrant une partie de la terre, faisant plus affreux
encore les déserts ou les forêts terribles de l'Afrique,
de l'Australie, de la Malaisie, me révélaient un monde
qui ne me semblait pas le meilleur des mondes possibles. La nature créatrice trop souvent m'apparaissait
mauvaise ou amorale tout au moins, puisqu'elle était
indifférente à cette distinction qu'à notre honneur nous
avons un jour établie, du bien et du mal, et que sa loi
éternelle, universelle, est une loi d'injustice et de
meurtre, les faibles étant, depuis l'origine du monde,
la proie des forts, le droit de la force étant le seul
qu'elle eût établi et reconnu.

« La science confirmait sans doute ma vague foi panthéiste, en reconnaissant l'unité de substance et l'unité
de force ; mais la chimie, mais la physique me mon-
traient l'irréalité de toutes les apparences, me faisaient
voir que tout se transformait sans cesse, était dans un
perpétuel *devenir* ; que rien n'était stable, et que tout
fuyait, se décomposait sans fin, n'apparaissait que pour

disparaître et mourir. L'astronomie, cette science sublime, mais dont se doivent écarter ceux qui redoutent le vertige, me faisait également voir les astres à l'infini, les astres qu'on croyait éternels, soumis aux mêmes lois de l'évolution, et, dans leur tourbillon fou qui apparaît sans but, naissant et mourant comme nous. Et qu'était ma poussière en la poussière des mondes ? Et que demeurait-il de tous les soleils éteints, de toutes les éternités passées ? rien, rien que néant ; et ce néant, n'annonçait-il pas celui de toutes les éternités présentes et à venir ? Déjà je pressentais, sans la connaître, la parole tranquille et terrible, la parole profonde comme l'abîme, du divin Bouddha : *la forme est vide, la connaissance est vide* ; car l'analyse de la pensée me découvrait elle-même le peu de réalité de la connaissance.

« Dès lors, toutes les parties du Tout ne me semblant plus que néant, du néant de ses parties je concluais à celui du Tout.

« Et j'avais vraiment, par instants, la vision ou la sensation d'un rêve infini, douloureux plutôt, et dont, rêve moi-même, je prenais un moment conscience : oui, par instants, je ne voyais plus les êtres, les choses, que sous un aspect fantômal ; et, comme un magicien dans son cercle magique, je regardais rouler vaguement à l'entour de moi la fantasmagorie de l'Univers. Et tout cela était bien tel qu'un rêve ; et qui m'aurait pu et me pourrait prouver que tout cela n'est pas un rêve ? Ces hallucinations hantèrent souvent ma pensée. La vie, à mes yeux, de plus en plus s'évanouissait donc dans la mort, à ce point qu'un jour je me demandai si la vie, si le mensonge de la vie, n'était pas seulement une apparence d'elle, et si la mort, si le néant n'était pas l'unique et la vraie réalité ?

« Mais le néant a donc ses gloires, ses splendeurs qui enivrent, ses douceurs consolantes, tout illusoires, toute menteuses qu'elles soient. Et comme le reste des êtres, à ces gloires, à ces splendeurs, à ces douceurs, je m'attachais passionnément. La *Gloire du néant*, fut le titre d'un volume en prose de rêveries, de sensations, d'idées, que j'écrivis ou commençai alors à écrire.

« Et ainsi cette philosophie, qui eût dû détruire en moi la volonté de vivre, m'inspirait plutôt une sorte d'épicurisme, celui d'un désespéré sans doute, le violent besoin par tous mes sens, par tout mon être, de goûter ces mensonges, dont le néant nous sait charmer.

« Je vivais donc. Et, par une contradiction heureuse, je demeurais si rêveur, que j'ai pu être un esprit pratique au fond, et soucieux des plus minutieux détails ; sans cela aurais-je pu me préparer à la profession médicale et l'exercer ?

« Mais cet épicurisme, tout idéaliste qu'il pouvait devenir par moments, et qu'à l'ordinaire il était loin d'être, ne me devait pas contenter : c'était accepter la vie, l'accepter lâchement telle qu'elle est, avec son désordre, son mal, avec sa mort et son néant. Une révolte n'était-elle pas plus digne ? et j'arrivai peu à peu à ce parti meilleur.

« Mystérieusement apparu dans la vie, je cherchai à utiliser pour le mieux cette force incompréhensible, et quelque peu libre après tout, qui était mon âme, — étincelle sortie de la nuit pour rentrer si tôt dans la nuit.

« Et alors commença à se former en moi la doctrine où je me suis arrêté, du *Pessimisme héroïque*. »

Arrivé à ce point de son évolution intellectuelle, une foi nouvelle, la foi en la science, va aider Jean Lahor à reconstruire après avoir détruit. Et aussitôt apparaît un nouvel agent d'énergie, la foi en la race.

« Je ne croyais donc plus qu'en la science ; mais je croyais absolument en elle, qui m'apportait, si faibles qu'elles fussent, les seules lueurs dont pour moi s'éclairait un peu l'univers. Puis la science, autrement sans doute que les religions saintes, savait alléger aussi les souffrances et la misère humaines, du moins nos souffrances, notre misère physiques. Enfin elle me rendait quelque assurance, quelque orgueil, c'est-à-dire quelque force, en me montrant ce que déjà avaient su faire en ce monde et quand même, l'esprit, la volonté, les énergies de l'homme.

« Alors je compris, et bénis ma race, la race aryenne, qui s'était à certains jours si fièrement et noblement dressée contre la nature mauvaise ; qui dans l'Inde, par exemple, avait pris conscience de cette misère, de la douleur des êtres, et avait créé la pitié ; qui au mal, à l'injustice universels avait répondu par un idéal sublime d'amour et d'absolue justice ; qui, dans l'Inde encore ayant reconnu et compris ce qu'était la bête humaine primitive, telle qu'elle est sortie des mains de la nature, et qui toujours demeure, rugit parfois dans l'homme, et d'elle ayant alors conçu l'affreux dégoût, avait rêvé de la maintenir, de la dompter, de l'adoucir, de la faire moins animale, plus humaine.

« Et l'âme aryenne dans l'Inde enfin s'était par ses *rishis* affranchie de la peur et de la tyrannie des dieux, représentants de cette Nature souvent folle et méchante; car par la puissance de leur méditation, ils pouvaient s'égalant à eux, les juger, les chasser du ciel.

« Oui, la philosophie, le libre examen, la pensée libre, toutes ces grandes et glorieuses révoltes, nous les avons dues d'abord, ne l'oublions pas, aux Aryas et aux Aryas-Hindous. Et aux Aryas Grecs, nous les devons aussi ; mais nous leur devons cette révolte, cette victoire en plus, la science, qui audacieusement, en Ionie déjà, commença à interroger la nature comme Œdipe le Sphinx, voulut en scruter les mystères, et un jour peut-être, comme le rêvait le Prométhée, libérer l'homme de tant de fatalités qui l'oppriment. Et les Grecs enfin, avec l'idéal de la science, en rêvèrent un autre, celui de l'absolue beauté, à laquelle la Nature n'avait pas songé davantage qu'à la pitié, à la justice, au bien, c'est-à-dire à l'ordre, à l'eurythmie parfaite en tout, partout et toujours.

« Et des sages de l'Inde à ceux de la Grèce et au dernier, l'un des plus grands, à Marc-Aurèle, mon esprit, sans qu'il s'en rendît compte, avait donc refait le chemin suivi par l'âme ou la pensée aryennes : et la doctrine du Pessimisme héroïque, cette âme, cette pensée, par leurs révoltes conscientes ou inconscientes, la confirmaient, l'affermissaient en moi.

« Ce monde te fait horreur ou t'ennuie : *crée-toi ton monde* » ; et il fallait dès lors créer ce monde où enfin régneraient, l'ordre, l'amour, la justice, la beauté ; et un tel rêve, *gloire* au moins de mon *néant* humain, don-

nait quelque valeur à son existence misérable : et un
tel idéal consolait du réel ; et il avait comme une apparence de *divin*, je veux dire de cette action bienfaisante
que certaines religions attribuaient au Dieu d'amour et
de justice « infiniment bon, infiniment parfait », reconnu
et adoré d'elles.

« Mais cet idéal qui perpétuellement réclamait l'effort,
la lutte, la guerre, devait donc exalter l'action, éveiller,
réveiller, surexciter toutes nos énergies, rendait de la
sorte un semblant de dignité, de grandeur à ce peu
qu'est la vie humaine ; faisait jaillir de la lumière
et de la joie, lui aussi, *ex nihilo.* »

Enfin la pleine connaissance de la littérature hindoue
(qui le poussa à s'en faire le premier vulgarisateur auprès du grand public) acheva de développer chez Lahor
l'enthousiasme créateur. Son esthétique poétique se
complète en même temps que sa philosophie du monde
et de la vie.

« J'avais avec éblouissement lu le poème du *Ramayana*,
le poème de Valmiki, que — faut-il l'avouer ? — j'osai
placer au-dessus d'Homère, pour la haute inspiration
panthéiste qui traverse son œuvre, pour son sentiment
si profond, unique en toute littérature, de l'immense
vie de la nature ; et pour son Rama, pour son héros
autrement grand qu'Achille, chevaleresque, vraiment
surhumain, — il est du reste l'incarnation d'un Dieu ;
— et pour sa Sita bien-aimée, l'une des figures fémi-
nines les plus belles, les plus pures, les plus adorablement
tendres de notre race, sœur des vierges et des femmes
de Shakespeare. Et longuement, étonné, stupéfait,

comme nos voyageurs modernes dans les ruines et les forêts d'Angkor, j'errai dans le poème monstrueux du Mahabharata, ville aussi de temples et de palais, patiemment pendant des siècles construits, à la façon de nos cathédrales, par de pieux ouvriers anonymes. Mais ce poème en son immensité contenait encore l'Inde entière avec ses forêts, ses jungles, ses montagnes géantes, ses étangs, ses fleuves, ses mers retentissantes, et avec ses Dieux fous et ses saints, ses *rishis* les menaçant, accroupis sous les figuiers sacrés, et avec ses bêtes formidables ou douces, et toutes ses histoires, toutes ses légendes humaines et divines, tous les êtres dont l'âme par la métempsycose passe de l'un à l'autre, des Dieux descend à l'homme, de l'homme à l'animal, et du monde animal vers le monde humain et divin : avec toute sa vie enfin, sa vie pullulante et ardente, embrassant le ciel et l'enfer, et qui aux Hindous par moment apparaissait comme le délire d'un Dieu. Et si beau parfois était dans ce poème aussi le drame humain ! Quel final plus grandiose que cette ascension du héros, las de l'existence, las de la terre, aspirant à la mort, et montant vers les hauteurs sereines, les blancheurs éclatantes de l'Himalaya, c'est-à-dire vers les palais du ciel, leur patrie d'origine !

« Mais la révélation qui m'impressionna le plus sans doute fut celle des philosophies et des religions hindoues, surtout du Bouddhisme : c'est que je retrouvais en elles les évolutions successives par lesquelles avait passé mon esprit : panthéisme, nihilisme, bouddhisme, qui, lui, était enfin le salut et la résurrection. »

Cette passion de l'Orient, Jean Lahor l'avait communiquée à Henri Regnault : tous deux projetaient un voyage dans l'Inde. Ils allaient l'accomplir, quand éclata la guerre. La fatalité qui frappa Regnault à la tête atteignit Lahor au cœur. Et les horreurs de la Commune achevèrent de le désespérer. Caliban lui inspira dès lors une aversion insurmontable. Atteint dans son patriotisme, il douta un instant de la France, et il perdit sur l'Allemagne sa dernière illusion. Ce fut là sans doute l'heure la plus cruelle de sa vie.

« Faut-il l'avouer ? C'était avec douleur aussi que j'avais perdu ma foi du premier âge dans l'Allemagne et l'amour même que je lui portais un peu. Je l'avais souvent visitée. J'avais été dans ma jeunesse charmé par le sérieux, l'apparente douceur de ses mœurs ; j'avais le culte de certains de ses poètes, de ses penseurs, de ses musiciens surtout. Et leur idéalisme transcendant, et toute cette éducation idéaliste qu'elle avait reçue d'eux aboutissait donc à un matérialisme abject, et à cette déclaration acclamée d'elle tout entière, qu'il n'y avait plus de droit que la force, et que cette justice que l'on reconnaît cependant devoir exister encore d'homme à homme n'existait plus, ne devait plus exister, de peuple à peuple !

« Et tout ce qui suivit de l'histoire de la France et de l'histoire de l'Europe, l'imbécillité presque générale de la diplomatie, l'impossibilité d'une entente entre les différents États pour fonder nos *États-Unis*, en face des autres et de l'Orient menaçants ; et tant de crimes acceptés d'elle, son immobilité, sa patience, ses lâchetés, sa sorte de complicité devant 300 000 Arméniens, hommes, femmes, enfants, vieillards, torturés, éventrés,

brûlés vifs par les Turcs comme au XVe ou au XVIe siècles. devant d'autres attentats contre la liberté et le
droit des peuples, attentats plus hypocrites, mais non
moins criminels, et la domination par tout l'univers de
Mammon, le plus cruel et le plus vil des anciens dieux
sémitiques, et la poussée de cette barbarie nouvelle sortie de la démagogie ; le sentiment enfin d'une altération
de l'âme française, tout cela et bien d'autres choses
encore, n'était pas fait pour diminuer en moi le mépris
de l'homme et les amertumes de mon pessimisme.

« Puis un jour je pensai et je me dis comme Gœthe : « En
avant par delà les tombeaux ! » et je repris et continuai
ma vie. »

Cependant le savant, qui chez Lahor double le patriote
se ressaisit à l'espoir en voyant la gloire croissante d'un
Pasteur, en qui s'incarne, au lendemain des jours
sombres, le génie bienfaisant de la France. Il renaît
donc à la confiance. En même temps, il porte ses yeux
vers une nation pour nous toujours pleine d'enseignements, l'Angleterre :

« Étrange pays que le nôtre, qui défait, qui abattu
si souvent, se relève, reconquiert soudain un peu de
sa gloire, de son honneur diminués, par la grâce, par
les mérites de quelques hommes supérieurs — oh ! en
dehors toujours des sphères officielles, — savants,
écrivains, artistes, héros, révélant en des expéditions
lointaines notre vieil esprit d'aventures.

« Parmi les nations d'Europe cependant une m'apparaissait plus sage, sinon parfois moins coupable que les
autres ; sa politique avait une suite ; elle prévoyait,

elle préparait l'avenir ; son patriotisme avait la vigueur, l'inébranlable constance de celui de la République Romaine : c'était l'Angleterre, et je l'admirai de plus en plus. J'y allai longtemps toutes les années. Je m'étais épris de Shakespeare ; nul poète d'aucun temps, Valmiki, Eschyle même, ne me paraissaient plus grands. Il est le seul que je ne cesse de relire.

« C'est que pour moi, il a tout vu et compris, tout, de l'homme et de la vie, celui qui a proféré ces étonnantes paroles :

« Nos divertissements sont finis. Nos acteurs, je
« vous en ai prévenus, étaient tous des esprits ; et ils se
« sont fondus en air, en air subtil. Un jour, de même
« que l'édifice sans base de cette vision, les tours coiffées
« de nuées, les magnifiques palais, les temples solennels,
« ce globe immense lui-même, et tout ce qu'il contient,
« se dissoudront sans laisser plus de vapeur à l'horizon
« que la fête immatérielle qui vient de s'évanouir ! Nous
« sommes de l'étoffe dont sont faits les rêves, et notre
« petite vie est tout enveloppée de sommeils... »

L'admiration pour l'Angleterre (que d'ailleurs l'Angleterre lui a rendue), conduisit Jean Lahor à des relations suivies avec William Morris, Burne-Jones. Il connut Ruskin. Mais il n'avait pas attendu de le connaître pour pratiquer et enseigner la religion de la Beauté. Et le premier, il annonça et caractérisa, avec une pénétration singulière, la révolution artistique qui s'accomplissait sous les auspices de Ruskin et de Morris. Et ceci le conduisit à son dernier stade, celui de « *l'Art Social* ».

« Avant de connaître Ruskin je rêvais en France déjà

pour les foules populaires et pour tous, ce qu'il avait
rêvé en Angleterre, non certes de fonder cette religion
de la Beauté dont on semble rattacher à lui l'origine, et
qui me paraît exister depuis la Grèce et la Renaissance,
mais de donner ou de rendre à la beauté, comme aux
temps des Grecs, toute son influence sociale, et de faire
participer à ses joies, à l'illumination qui vient d'elle, le
peuple qui ne la connaît plus, enfin d'associer ce peuple
de nouveau à la création de l'œuvre d'art, lui qui en art,
depuis 89, n'a plus rien créé, et dont la barbarie artistique apparaît aujourd'hui si profonde et désolante.

« Évadé, non du pessimisme, non du nihilisme, mais de
cette nuit, mais des épouvantes, mais de la mort, où de
de telles doctrines m'auraient pu laisser, j'avais donc
retrouvé une raison d'être à ma vie, et c'était la poursuite en tout, partout, toujours, de cet idéal que j'avais
conçu, d'ordre parfait, de parfaite eurythmie.

« L'ordre, que Goethe aussi ne cessa d'honorer, cet
ordre et cette eurythmie je les voulais en toute chose,
et c'est ainsi, que sans l'obtenir toujours, j'aspirais à la
perfection dans mes vers. Je les voulais également dans
la cité comme je les eusse voulus dans toute la nature ;
et dès lors je m'associai aux artistes pour créer partout
de la beauté, aux hommes de justice et d'amour pour
créer partout de la justice ; et je m'associai aux hommes
de science, aux médecins, pour créer ou recréer l'eurythmie dans la forme humaine, et peut-être ainsi dans
la pensée et l'âme.

« L'eurythmie, l'ordre, c'est donc ce qui devint l'idée
directrice et fit l'unité de mon œuvre. »

Désormais possédé par cette idée et lui subordonnant

tout, — sans d'ailleurs abdiquer les tâches profes-
sionnelles du médecin, et au contraire en les pénétrant
d'une arrière-pensée nouvelle d'apostolat social — Jean
Lahor visita à diverses reprises, outre l'Angleterre,
l'Italie, l'Allemagne, la Russie ; il vit l'Espagne, la
Turquie, la Roumanie, l'Algérie, l'Égypte, étudiant de
près les musées et les manifestations d'art, auscultant
de plus près encore les hommes, les mœurs et les
races : l'action, et l'action bienfaisante, devenait de plus
en plus le pôle de sa vie. Là-dessus s'achève sa
confession :

« La doctrine de mon Pessimisme héroïque devenait
de plus en plus la règle de ma vie, et de plus en plus je
m'attachais à l'action, me détachant de la littérature.

« Quelques-unes des conclusions de cette doctrine, je
les rappelle ici : Tout craindre et ne rien craindre ; malgré ce qui nous attend, vivre quand même d'une vie
haute, intense ; vivre, comme si l'on ne devait jamais
mourir ; agir, comme si l'on pouvait toujours vaincre ;
n'être la dupe de rien, de l'homme ni de la vie, et ne
pas craindre cependant de le paraître quelquefois ; ne se
résigner jamais qu'à l'inévitable, et s'y résigner alors
sciemment, vaillamment, tel qu'un stoïcien ; vouloir
développer sans limites toutes ses énergies *bienfaisantes;*
et travailler, sans cesse lutter pour l'Idéal ; par l'œuvre
d'art, par la création du beau, par le rêve, par la science,
par les vertus, par l'héroïsme, élever ainsi, ennoblir,
diviniser quelque peu cette existence d'un jour ; ou simplement encore, et courageusement, comme les humbles,
accomplir le simple devoir quotidien.

« Après tout, n'est-ce pas ainsi qu'a vécu, depuis ses origines, poussée par la nécessité de vivre, la pauvre humanité, et aussi avec héroïsme souvent? et n'est-ce pas ainsi qu'elle a conquis sa vie présente, meilleure par certains côtés que celle d'autrefois, bien que le progrès moral, celui qui importerait le plus, soit très loin d'égaler les autres?

« Et je commençai à déterminer ma tâche, que sans doute je ne pouvais remplir à moi seul, qui était excessive, mais qui ne m'effrayait pas; qui tout au contraire m'attirait, me donnant cette joie que donne, quand on l'entreprend, toute œuvre d'art un peu haute. Ce que je voulais, le voici :

« Diminuer la masse des déchets humains, — elle est si grande, cette foule des traînards qui retarde, arrête notre marche en avant! — m'attaquer aux causes ou à une partie des causes qui les produisent, maladies, poisons, infectant l'homme et son germe, infectant ainsi sa race; et ne pas oublier que les tares physiques héréditaires peuvent aboutir à des tares intellectuelles et morales, à des lésions, à des troubles de l'intelligence ou de la volonté, ce qu'on ignore trop.

« Veiller donc sur le germe dès la conception, avant même, puis très attentivement sur l'enfant et l'homme jeune [1], en qui se prépare, se forme l'homme adulte; prévenir ou combattre sans cesse les dangers qui pour nous, physiquement, moralement, viennent du développement même, des excès d'une civilisation intensive.

« Pour modifier un être, il faut modifier son milieu;

1. Voir l'ouvrage intitulé *Science et Mariage.*

donc afin de modifier physiquement, puis intellectuelle-
ment, moralement, l'homme du peuple, transformer
son logis, insuffisant, malsain, son alimentation insuffi-
sante, irrationnelle et malsaine [1].

« Chez tous, multiplier, accroître, exalter les énergies
vitales ; en face de cette barbarie qui monte, protéger
partout la beauté, la vouloir partout et en tout, la distribuer à tous, comme l'air pur et la lumière :

« Préparer enfin la cité future idéale [2] ».

« Telle était la tâche ou une partie de la tâche que je
me proposais d'accomplir ou du moins de commencer
d'accomplir ; car pour la finir, je pense qu'il faudra des
siècles ; mais j'ai indiqué les buts à atteindre, d'autres
les atteindront ; j'ai montré les voies à suivre : d'autres
les suivront.

« Tout en commençant à remplir cette tâche, je
voyageais, et je vis partout, en Europe, dans le monde
entier, se développer, s'étendre un mouvement magnifique, en vue aussi d'une amélioration de la vie et de
l'homme, mais désormais plus rapide et plus sûre qu'on
ne l'avait tentée jusqu'ici. C'est que les hommes de
science et de bonne volonté ne rêvaient plus, ne pensaient plus, n'agissaient plus isolés ; ils se rapprochaient,

---

1. Voir l'ouvrage sur les *Habitations* et l'*Alimentation à
bon marché*.

2. Voir l'*Art nouveau*, l'*Art pour le peuple à défaut de l'art
par le peuple* ; ouvrage projeté : l'*Art Social*, sur l'esthétique
des villes et des campagnes. A ces préoccupations, à ce plan
d'ensemble se rapporte aussi la fondation par Jean Lahor
de la *Société pour la protection des paysages et monuments*, et
la création d'une *Société d'art populaire et d'hygiène*.

s'unissaient en des ligues, des congrès; et ce grand mouvement et ces grands efforts, plus puissants et plus efficaces chaque jour, sans m'inspirer ces béates félicités, ces confiances en d'éclatants et prochains triomphes, qui distinguent les optimistes, sans changer mon opinion sur l'ensemble de l'humanité, que je tiens en si faible estime, m'inspiraient du moins quelques joies en me donnant quelque fierté de *son élite*, et en me faisant un peu et même beaucoup espérer d'elle.

« Des illusions, en effet, j'en ai donc peu sur l'homme et sur la vie : mais j'aime à rappeler quelques paroles sublimes qui ont été les règles de mon action.

« Celle de Marc-Aurèle : « Si tout marche au hasard, toi du moins, n'agis point au hasard » : celle du Taciturne, que je répète sans cesse, tant elle est importante et belle : « point n'est besoin d'espérer pour agir, ni de réussir pour persévérer »; celle de la *Baghavad-Gita*, plus belle peut-être encore : « Pense à l'âme suprême — et je dis : Pense à l'Idéal ; — rapporte à Elle — ou à Lui — toutes tes œuvres; et sans espoir, comme sans souci de toi-même, combats et n'aie pas de tristesse. »

« Je combats et j'ai moins de tristesse. Et cependant, à l'heure dernière, jetant un regard vers mon passé vers le rêve qui fut mon passé, puis vers l'avenir, peut-être comme Hamlet, quand il meurt, murmurerai-je son mot terrible — ou consolant — : et le *reste, le reste est silence !...* »

L'ILLUSION[1]

(Chants d'amour et de mort — Poèmes panthéistes.
La gloire du Néant — Heures sombres.
Vers stoïciens.)

1. Lemerre, éditeur. Ve édition, un vol. petit in-12 de la
Collection elzévirienne.

1

LITANIES DE L'AMOUR

Amour, dispensateur du ciel et de l'enfer,
Éros, aux yeux changeants et beaux comme la mer,
Éros, qui sais dompter les âmes les plus fortes,
Dieu corrupteur, par qui tant de races sont mortes,

Dieu des forfaits obscurs et des subtils poisons,
Habile instigateur des longues trahisons,
Rusé, fourbe, malin, ami de l'adultère,
Sois béni, Dieu Sauveur, qui consoles la terre !

Amour, brûlant Amour, qui par les nuits d'été
Souffles en nous les chauds désirs de volupté,
Dieu des baisers aigus et des tendres morsures,
Sans fin, oh ! sois béni du fond de nos luxures !

Amour, mystérieux Amour, Dieu tout-puissant,
Dont les autels toujours restent couverts de sang,
Qui conseilles si bien la traîtrise et les crimes,
Éros, roi des hauteurs, Éros, roi des abîmes,

Qui certains soirs en nous mets, comme un vin trop fort,
L'ennui d'être et la soif horrible de la mort,
O Maître, sois béni, Démon qui nous affoles
Par l'ensorcellement des yeux et des paroles!

Toi qui fais succomber les plus fiers d'entre nous,
Et qui les fais pâlir et tomber à genoux,
Pieux, tremblants devant la plus vile des femmes,
Amour, oh! sois béni, Dieu contempteur des âmes!

Dieu des pleurs convulsifs et des spasmes ardents
Dont les plaisirs parfois nous font grincer les dents,
Béni sois-tu, Seigneur, qui protèges les mâles,
Tranquille immolateur des virginités pâles!

Dieu qui mêles, broyant les lys des seins neigeux,
Un âcre goût de mort aux douceurs de tes jeux,
Qui repais tes regards des pudeurs abattues,
O Roi, doux et sanglant, qui fais naître et qui tues,

Éros, Dieu des langueurs et des énervements,
Qui de vertige emplis les yeux fous des amants,
Et sèmes tour à tour la tendresse et la haine,
A jamais sois béni par la souffrance humaine!

Toi qui créas la vie et détiens ses secrets,
Roi qui troubles les airs, les mers et les forêts,
Et dont l'appel fatal convie aux mêmes fêtes
Le troupeau des humains et la foule des bêtes,

Par les clameurs des cerfs bramant au fond des bois,
Par les rugissements, par les chants et les voix,
Par les sanglots, les cris d'extase ou de détresse,
Sois béni pour l'angoisse et béni pour l'ivresse!

Dieu foudroyant, sur nous tombant comme l'éclair,
O Dieu clément aussi, Dieu bon au regard clair,
Sois à jamais béni : les cœurs qui sont ta proie
Fondent en des soupirs et des larmes de joie!

Éros, par qui les soirs alanguis et charmés
Unissent leur frisson aux voix des bien aimés,
Par ce frisson des soirs, par ce trouble des choses,
Par les lys expirants et les bouches des roses,

Par la splendeur des yeux de passion chargés,
Par leurs baisers muets longuement échangés,
Par les lèvres, les mains qui se cherchent dans l'ombre,
Sois béni, Dieu charmant des caresses sans nombre !

Dieu propice aux amants pour qui s'épanouit
La féerie étoilée et pâle de la nuit,
Puisque rien n'est encor plus vrai que tes mensonges,
Je bénis ta pitié, qui nous donne des songes.

Dieu qui sais évoquer les êtres du néant,
Et pousses affamé ce tourbillon béant
Vers tes communions et tes saintes orgies,
Magicien, oh ! sois béni pour tes magies !

O Dieu si tendre, Amour, Dieu des nuits de printemps,
Dieu qui gonfles les cœurs et les fais haletants,
Qui rapproches les fronts, les poitrines, les lèvres,
Dont toute vierge appelle et, folle, veut les fièvres,

Dieu cruel et Dieu bon, oh ! par moi sois béni !
Torture tout mon cœur d'un désir infini ;
Je suis ton confesseur altéré de supplices :
Sans fin fais-moi goûter tes amères délices ;

Oui, comme un dieu, j'ai soif d'amoureuses douleurs ;
Je t'ai voué mon être et je t'offre mes pleurs ;
Et, Roi terrible et doux, Éros, sous tes morsures
Fais couler tout mon sang par d'exquises blessures !

LES HARPES DE DAVID

La nuit se déroulait, splendide et pacifique ;
Nous écoutions chanter les vagues de la mer,
Et nos cœurs éperdus tremblaient dans la musique :
Les harpes de David semblaient pleurer dans l'air.

La lune montait pâle, et je faisais un rêve :
Je rêvais qu'elle aussi chantait pour m'apaiser,
Et que les flots aimants ne venaient sur la grève
Que pour mourir sur tes pieds purs et les baiser ;

Que nous étions tous deux seuls dans ce vaste monde,
Que j'étais autrefois sombre, errant, égaré,
Mais que des harpes d'or en cette nuit profonde
M'avaient fait sangloter d'amour et délivré ;

Et que tout devenait pacifique, splendide,
Pendant que je pleurais, le front sur tes genoux,
Et qu'ainsi que mon cœur le ciel n'était plus vide,
Mais que l'âme d'un Dieu se répandait sur nous !

FRISSONS DE FLEURS

Les soirs d'été, les fleurs ont des langueurs de femmes,
Les fleurs tremblent, souffrent d'amour comme les âmes ;
Appelant ces hymens dont elles vont mourir,
Les fleurs ont des regards qui nous font souvenir,
De grands yeux féminins attendris par les larmes :
Les larges yeux des fleurs ont d'aussi tendres charmes.
Les fleurs rêvent, les fleurs frissonnent sous la nuit ;
Et blanches, comme un sein adorable qui luit
Dans la sombre splendeur d'une robe entr'ouverte,
Les roses, du milieu de l'obscurité verte,
Tandis qu'un rossignol, par la lune exalté,
Pour elles chante et meurt sous cette nuit d'été,
Les roses au corps pâle, en écartant leurs voiles,
Folles, semblent s'offrir aux baisers des étoiles,

L'IVRESSE DES AMANTS

L'ivresse des amants fait la splendeur des nuits :
C'est mon cœur que j'écoute en cet oiseau qui pleure
Un écho de mon cœur palpite en tous ces bruits,
Et mon âme se mêle au souffle qui t'effleure.

Ce qui rend ce grand ciel à nos regards si doux,
C'est l'ivresse d'aimer s'exhalant de notre être,
Et c'est par tout l'amour qui rayonne de nous
Que cette immense nuit nous caresse et pénètre.

— Sois donc ivre, ô mon âme, et sois ivre toujours ;
La seule illusion fait la beauté des choses ;
Mais pleure aussi parfois, sachant que tes amours
Ont la fragilité des lèvres et des roses.

LE MAL D'AIMER

Si tu n'as pas senti trembler ton cœur, tes lèvres,
Au serrement furtif d'une main sur ta main ;
Si tu n'as pas connu le délire et les fièvres
Qu'éveille ce seul mot, dit tout bas : à demain !

Si tu n'as pas cherché dans les bras de la femme
Des bonheurs infinis, qu'elle ne peut donner,
Si, lui demandant trop, tes regards et ton âme
N'ont pas et pour jamais voulu s'en détourner ;

Lorsque l'immense nuit te couvre et te pénètre,
Palpitant comme toi d'un rêve illimité,
Si tu n'as pas senti se fondre tout ton être
Sous l'ineffable paix des étoiles d'été ;

Si, n'enviant jamais les sanglantes délices
Ni la sublime horreur des dévoûments divins,
Ton cœur n'a pas bondi vers ces grands sacrifices
Par où l'on veut mourir et pourtant qu'on sait vains ;

Oh ! vraiment je te plains plus que je ne t'envie,
Toi que de tels désirs n'auront pas consumé,
Et qui tranquillement auras vécu ta vie,
N'ayant jamais souffert pour avoir trop aimé !

LE RÊVE

C'était un soir d'été, large, éclatant, vermeil ;
Comme un grand cœur saignant se mourait le soleil :
Le cœur divin versait sa tendresse infinie,
Et nous contemplions sa sublime agonie,
Et tout nous paraissait splendide, harmonieux,
Divin comme l'amour, qui brûlait dans tes yeux.
— Seul depuis j'ai revu des couchants magnifiques,
Et le même soleil, et des pourpres magiques
Qui n'illuminaient plus ton visage adoré ;
Et tout m'a semblé froid, morne, décoloré...
Notre rêve avait fait la beauté de ces choses :
Et la douceur des fleurs, celle des lèvres roses,
Et ce lac frissonnant qui nous avait charmés
Alors qu'il se mirait en tes yeux bien-aimés,
Le bleu pur de ces flots sillonnés par des cygnes,
Et le chant des couleurs, la musique des lignes,
Tout ce qui ce soir-là nous fit ivres et fous
Était créé par nous, et n'existait qu'en nous...

LE MYSTERE

O nuit, ô belle nuit, pâle comme *sa* chair :
— Je rêve au passé mort, je rêve au passé clair...

Je revois ta chair pâle, et rêve aux heures mortes,
Où notre joie, où notre extase étaient si fortes !

Le rossignol des nuits d'alors ne chante plus :
Je songe à tes grands yeux qui m'étaient apparus ;

Et je songe à ta voix angéliquement tendre,
Que jamais, oh ! jamais je ne dois plus entendre,

Aux baisers de ta voix si mortellement doux,
Aux délices des soirs, mon front sur tes genoux !...

Je pense à tant d'amour et je pense à la tombe
Qui fut scellée un jour sur la blanche colombe.

Et je cherche où s'en vont ceux qui s'en sont allés,
Les regards, les soupirs, les parfums envolés.

Je demande ton âme invisible à l'espace :
Ton âme est-elle errante en ce souffle qui passe ?

Et je porte à ma bouche et je baise une fleur,
Où je sens ton haleine et revois ta pâleur...

Ton âme était pareille à ce rayon d'étoile ;
Oh ! pourquoi le mystère horrible qui la voile ?

O nos morts bien-aimés, où disparaissez-vous ?
Serions-nous vos tombeaux ? N'êtes-vous plus qu'en nous ?

Serais-tu tout entière, hélas ! ensevelie
Dans ce cœur d'un amant qui, vieillissant, t'oublie ?

— Nuit chaude, ô nuit aimante et pleine de soupirs,
Je songe à ce néant de tous nos grands désirs !

LA MÉDITERRANÉE

Danseuse bizarre, dont l'âme
Change d'humeur à tous moments,
La Méditerranée est femme,
Et je suis l'un de ses amants.

Les nuits de lune, ô ma pensée,
Que de fois, morte de langueur,
Entre ses bras tu t'es bercée
Au rythme apaisé de son cœur !

Comme une danseuse fantasque,
Qui dans un palais d'Orient,
Lente, au son des tambours de basque,
Tord ses hanches en souriant :

Ou comme une fauve Espagnole,
Avec ses regards assassins,
Qui dansant se renverse et, folle,
Dresse la pointe de ses seins,

La nuit, sous les étoiles blanches
Qui d'amour tremblent dans les cieux,
Elle balance aussi ses hanches,
Et vous prend l'âme avec ses yeux.

Le jour, elle sourit et chante,
Ses yeux passent du vert au bleu.
Douce parfois, parfois méchante,
Aujourd'hui froide, hier en feu,

Sans cesse elle change, et l'orage
Succède au calme très souvent :
Alors, vous frappant au visage,
Criant, hurlant, cheveux au vent,

La rude et sauvage maîtresse
Dont un soufflet suit un baiser,
Capable après une caresse
De vous saisir et vous briser

Je l'aime ainsi, la bête étrange,
Féline et tuant sans remord,
Mais dont l'amour au moins mélange
Tant de voluptés à la mort.

INTÉRIEUR VÉNITIEN

Derrière ses cheveux entre-croisant ses mains
Pour mieux faire saillir la pointe de ses seins,
Sur un drap de brocart s'étend nue et parfaite
Une femme, et rieuse elle penche la tête
Vers son amant, un grave et fier patricien,
Après avoir ainsi posé devant Titien.
Sous le ciel clair on voit par la fenêtre ouverte
Luire le Grand Canal, et trembler dans l'eau verte
Le reflet des palais empourprés par le soir.
Le magnifique, assis près d'un lévrier noir,
Écoute, en caressant des yeux la ligne blanche
Et l'ondulation tranquille de la hanche,
Des instruments lointains qui mêlent leurs accords
Au rythme harmonieux et pur de ce beau corps.

MENSONGES

I

Ton corps exquis a les pâleurs
D'une eau pâle où dorment des îles ;
Tes yeux ont le calme des fleurs,
Tes grands yeux troublants et tranquilles.

Ils émeuvent sans s'émouvoir,
Pareils à de larges calices,
Tes grands yeux, larges fleurs du soir
Versant de mortelles délices.

Leur clair azur de firmament,
Leur silencieuse caresse
Tour à tour indifféremment
Répandent l'angoisse ou l'ivresse ;

Et tandis que de tes chers yeux
Coulent des poisons que j'aspire,
Je sens ton corps délicieux
Comme un lac pâle qui m'attire.

II

Ton œil est bleu, clair et limpide,
Comme l'eau d'un étang profond ;
L'eau des étangs bleus est perfide,
La mort attirante est au fond.

Ils disent que ton sein est vide :
Qu'importe, si le cœur se fond
Devant tes yeux à l'air candide,
Souriant du mal qu'ils nous font ?

— La vie et la mort et moi-même,
Tout est vide, et celui qui t'aime
Pardonne à ton cœur, s'il lui ment.

Tes yeux sont faux, comme la vie :
Mais qu'importe à l'âme ravie,
Qu'ils ont enivrée un moment ?

CHANSON DES LÈVRES

Lèvres, ô mères du baiser,
Qui savez parfois apaiser
    La soif de l'âme,
Lèvres exquises de l'enfant,
Lèvres de l'amour triomphant,
    Lèvres de femme ;

O lèvres, qui buvez nos pleurs,
Lèvres plus douces que les fleurs,
    Fleur rouge ou rose,
Fleur qu'empourpre la passion,
Fleur pâle où l'adoration
    Folle se pose ;

Fleur dont l'abeille du désir
Boit longuement, suce à plaisir
    L'aimant calice,
Et dont les frissons, la pudeur,
Où s'attise encor notre ardeur,
    Sont un délice ;

Fleur frémissante de la chair
Où tout l'être qui nous est cher
    Palpite et tremble ;
Coupe où se rejoignent les cœurs,
Pour en d'ineffables langueurs
    Mourir ensemble ;

Coupe d'où s'écoule le vin
Parfumé, mystique et divin
    De ces caresses,
Qui font pâlir les adorés,
Les beaux amants transfigurés
    Par leurs tendresses ;

Fruit charnel, dont le suc puissant
Enfièvre, brûle notre sang,
    Et nous enivre,

Fruit délectable que l'on mord,
De l'arbre de vie et de mort
    Fruit qui fait vivre ;

Fruit qu'on se jette en souriant,
Le regard humide et brillant,
    Pour se répondre ;
Pulpe molle, fruit savoureux,
Qui dans le cœur des amoureux
    Semble se fondre ;

Arc vivant du terrible Archer,
Que l'âme ne peut approcher
    Sans des blessures,
Mais telles, qu'en dût-on mourir,
On préfère ne pas guérir
    De leurs morsures ;

Arc dont la courbe est sans défaut,
Arc redoutable et dont il faut
    Parfois qu'on meure,
Tout petit arc au fin contour,
D'où peut naître un si grand amour
    Qui saigne et pleure ;

Lèvres d'où jaillissent les chants,
Brûlants, passionnés, touchants,
    Et le beau rire,
Lèvres au son d'argent ou d'or,
Et plus musicales encor
    Que n'est la lyre ;

Sources des chansons et des voix,
Qui gazouillez, ainsi qu'au bois
    Les nids de mousses,
Lèvres aux longs babils charmants,
Lèvres d'enfants, lèvres d'amants,
    Toutes si douces ;

Lèvres, symboles des amours,
L'une auprès de l'autre toujours,
    Comme des rimes,
Nobles rimes, je vous bénis,
Et dans mon cœur je vous unis
    Aux yeux sublimes ;

Je vous bénis pour les douleurs,
Pour la joie ardente ou les pleurs,
    Les chaudes fièvres,

Pour mes extases d'autrefois
Et les baisers que je vous dois,
        O chères lèvres !

ÉCHANGE DE FLEURS

J'ai dans cette fleur mis mon cœur aimant,
J'ai mis mes désirs, mes soupirs, mes fièvres :
Oh ! tout mon amour, bois-le longuement,
En baisant la fleur collée à tes lèvres.

Je voudrais de toi, si je te suis cher,
En échange d'elle, une tubéreuse,
Une fleur de rêve, et, comme ta chair,
Ayant des blancheurs de morte amoureuse.

Et j'aspirerais ses parfums troublants,
Et, communion exquise, embaumée,
Je croirais sentir en baisers très lents
Sur mon cœur s'ouvrir ta bouche fermée.

LA CHANSON DU VENT

Vent fou qui voles où tu veux,
De fleur en fleur, de femme en femme,
Vent qui caresses les cheveux,
Vent libre, je voudrais ton âme.

Vent qui murmures dans les bois,
Comme un chœur à bouche fermée,
Certains soirs je voudrais ta voix,
Pour parler à ma bien-aimée ;

Et vent qui soulèves les mers,
Qui hurles le long des rivages,
Je voudrais dans mes jours amers
Parfois aussi tes cris sauvages.

Pour y jeter tous mes sanglots,
Toutes mes colères, ma haine,
Et pour fouetter comme des flots,
L'océan de la foule humaine!

IMPERIA

Vis superba formæ.

Calmes, indifférents, splendides, ses regards
Jetaient, comme la mort, l'âme dans l'épouvante ;
Et froids, brillants, avec l'éclat des beaux poignards,
Faisaient sentir à tous leur morsure savante.

Plus d'un prélat, rêvant l'enfer de son boudoir,
Pris de vertige et fou, laissait la sainte table,
Et râlait de désirs en poursuivant le soir,
A travers les jardins, sa beauté redoutable.

Le Pape, la voyant en robe de velours,
Calice d'où sortait en fleur sa gorge nue,
Se dit : « Les vieux démons ressuscitent toujours,
Et Vénus la sorcière antique, est revenue ! »

Alors Imperia sourit pour l'apaiser ;
Et, vaincu par ses yeux, et lâche comme un homme,
Le Pape la bénit, au lieu d'exorciser,
Et la belle resta dans la ville de Rome.

DALILA

Par l'appel de vos yeux et de vos voix charmées,
Que d'âmes de héros tombés à vos genoux,
Femmes, auront péri pour vous avoir aimées ;
Que de peuples sont morts, dégénérés par vous !...

C'est pourquoi je te hais autant que je t'adore,
Beau démon au corps blanc comme la chair des lys,
Et pourquoi dans tes bras je me souviens encore
Des malédictions qui te frappaient jadis !

Quelle est donc par moments ta fatale puissance,
Qui rend vil à jamais et dompte le plus fort,
Et comment, femme, à qui nous devons la naissance,
Toi qui donnes la vie, es-tu pleine de mort ?...

3

Que tu demeures bien la fille de ta mère,
De la Nature, impure et chaste tour à tour,
Qui sourit et nous baise, et qui, soudain amère,
Nous blesse et tue après des caresses d'amour ;

Qui sait trop, elle aussi, prendre, enlacer notre âme
Bête attirante et fausse, en de mortels baisers !...
— Homme, ô Samson, vaincu par elle et par la femme,
Quand tous tes vieux liens seront-ils donc brisés ?

OMPHALE

Hercule, le héros, morne, silencieux,
Se tenait accroupi devant le lit d'Omphale,
Qui, demi-nue, ouvrait nonchalamment les yeux,
Pour jouir des blancheurs de sa chair triomphale.

A travers les rideaux de pourpre, du dehors
Pénétrait et vibrait une ardente lumière,
Et de roses clartés pleuvaient sur ce beau corps,
Qui semblait insensible et plus froid que la pierre

Le héros à ses pieds tressaillit tout à coup.
Il se dressa robuste et puissant comme un chêne ;
Le sang faisait gonfler les veines de son cou,
Et, pareil au lion qui briserait sa chaîne,

Terrible, en contemplant Omphale, il dit : « Je pars. »
Et, tandis que, levant sa tête vers Hercule,
Et du doigt écartant ses longs cheveux épars,
La reine sur son lit souriait incrédule :

« Oh ! qu'as-tu fait de moi ? dit-il en rugissant.
Autrefois j'étouffais le lion de Némée ;
Aujourd'hui je ne sais, stupide et languissant,
Qu'adorer tout le jour ta chair accoutumée.

« Lâche, je reste là, sans souci du devoir,
J'ai honte, et je m'en vais, car la gloire m'importe.
Toi, tout ce que voulait ton orgueil, c'était voir
Hercule, comme un chien, couché devant ta porte !

« Et c'est donc pour cela que j'aurais combattu ?
Et je n'aurais ainsi conquis toute ma gloire,
Que pour finir ma vie, oubliant la vertu,
Et tenir hébété ta quenouille d'ivoire ?

« Oui, je te quitte et pars au loin, me voilà fort !
Au loin je vais souffrir, mais aussi je vais vivre ;
Et s'il me faut plier terrassé par le sort,
J'appellerai la Mort pour qu'elle me délivre !.. »

— Mais Hercule revint à ses lâches amours :
Comme il s'était longtemps trop courbé sous la Femme,
Il eut ce châtiment de l'adorer toujours,
Et dut sur un bûcher purifier son âme.

SÉRÉNADE MÉLANCOLIQUE

Tes grands yeux doux semblent des îles
Qui nagent dans un lac d'azur :
Sous la paix de tes yeux tranquilles,
Fais-moi tranquille et fais-moi pur.

Ton corps a l'adorable enfance
Des clairs paradis de jadis :
Enveloppe-moi du silence
De ton corps blanc comme les lys.

Je souffre, j'étouffe, je pleure :
Fais de ton corps, fais de tes bras,
Afin que je m'y perde et meure,
Un tombeau que tu m'ouvriras !

LE MARIAGE PERSAN

Soyez grands, soyez forts, soyez victorieux ;
Soyez aimants, marchez des flammes dans les yeux.
Soleil, Dieu des clartés, Dieu bon qui les pénètres,
Verse-leur ton amour brûlant pour tous les êtres.
— Comme le Ciel bénit la Terre nuit et jour,
Homme, sur cette femme épanche ton amour ;
O femme, quand sa main entr'ouvrira tes voiles,
Qu'il trouve en toi la paix sereine des étoiles.
La vie est un tragique et sublime combat :
Affrontez-le d'un cœur vaillant que rien n'abat.
Soyez purs de pensée et purs en vos paroles ;
Pour que vos actions ne soient vaines ni folles,
Craignez déjà les yeux futurs de vos enfants.
A travers les douleurs avancez triomphants ;

Imitez les héros de l'époque première,

Luttez pour la justice et la sainte lumière,

Chassez le mal, chassez la nuit, semez le bien,

Resserrez toujours plus l'infrangible lien

Dont j'unis à jamais vos deux cœurs dans la vie.

Chaque soir, admirez l'assemblée infinie

Des astres, et songez, en les voyant si beaux,

Qu'il vous faut être ainsi de radieux flambeaux.

— Au nom d'Ormuzd, je vous bénis, vivez prospères

Et transmettez la gloire et le sang de vos pères.

Ὁ ΒΑΣΙΛΕΥΣ ἜΡΩΣ

Voix adorable, au son d'argent, qui nous abuses
Blancheurs, nacres des chairs, frissons des cheveux fins,
Beautés, charmes, attraits, vous n'êtes que les ruses
Dont se sert le Tyran pour atteindre ses fins !...

Despotique et jaloux, il condamne aux supplices
L'enfant chaste qui lutte avec sa volonté,
Et, l'affolant d'un vin plein d'amères délices,
Verse en elle l'ennui de sa virginité.

Des amants exaltés de visions sublimes,
Ainsi que par leur chef l'étaient les Haschischins,
Sinistrement par lui sont poussés à des crimes,
Exécuteurs naïfs de ses secrets desseins !

L'immortelle Beauté lui sert d'entremetteuse,
La Reine triomphale au front impérieux
Qui sait voiler si bien d'une douceur menteuse
Tant de rêves sanglants dans la paix de ses yeux.

Que veut-il, où tend-il en infligeant à l'âme
L'atroce volupté des plaisirs infamants,
Ce Maître, corrupteur de l'homme et de la femme,
Qui fouette et mène ainsi le troupeau des amants?

Complice et serviteur du Destin implacable,
Du Dieu vague, effrayant, qui régit notre sort,
L'Amour n'a d'autre but que de peupler l'étable
Qu'impitoyablement vide sans fin la Mort.

— Êtres, surgissez donc pour le drame terrible,
Où l'Amour et la Mort vous poussent tour à tour !
Êtres, apparaissez, sortez de l'invisible,
Ouvrez vos yeux une heure à la clarté du jour !

Vivez, souffrez, aimez, inconscients des causes
Qui vous font vous étreindre, ô couple des amants;
Mortels, éternisez l'illusion des choses !
O lèvres des mortels, échangez vos serments!

A travers les grands bois qu'endorment les nuits molles,
Sous l'incantation de la lune d'été,
Pâles, extasiés, sans souffle, sans paroles,
Perdez-vous, éblouis, en ce rêve enchanté !

Une heure enivrez-vous de la beauté du songe ;
De vos yeux fugitifs, si peu de temps ouverts,
Un moment contemplez le radieux mensonge,
Partagez le désir qui trouble l'univers !

Et, sous l'infini morne et devant les abîmes
Où plongent sans effroi vos yeux passionnés,
Pour l'ivresse du moins qu'il verse à ses victimes,
Pardonnez au Destin qui vous a condamnés !

RÊVERIE PANTHÉISTE

Songe d'un soir d'été, de caresse infinie :
Se perdre dans le large océan de la vie,
Et, dans ses flots noyé, bientôt ne plus sentir
Que la lente douceur de s'y fondre et mourir !...
Rêver que l'on est fleur, plante, l'oiseau qui vole,
Ou le vent, ce vent chaud qui passe, et, pour parole,
Qu'on a son chant qui berce et son baiser qui fuit...
Être cette forêt qui, vaste sous la nuit,
Frissonne par un souffle immense traversée !...
Être l'arbre ignorant le mal de la pensée ;
Ou ce grand ciel laiteux, d'où s'épanche en clarté
L'innombrable baiser des étoiles d'été !...
Être la mer qui bout toujours, crée et fermente !...
Devenir toute chose où tremble une âme aimante,
De l'herbe qui palpite à l'étoile de feu !...
Sentir en soi s'ouvrir le cœur vague d'un Dieu !

HYMNE AU SOLEIL

DANS LE SENTIMENT VÉDIQUE

Entouré de splendeurs, comme un Roi de ses femmes,
Prodigue de ton or, de ton cœur, de ton sang,
Tu t'avances, Soleil, magnanime et versant
L'énergie et la joie en nos corps et nos âmes.

Maître du ciel, écoute et reçois ma prière :
Cavalier éternel de ces steppes d'azur,
Fais-moi fort, lumineux, véridique et très pur,
O Roi bon, fais-moi bon, comme l'est ta lumière.

Puisque ainsi ta pitié m'est douce et que tu m'aimes,
Embrase tout mon cœur, éclaire mon esprit ;
Rajah, dont le regard encourage et sourit,
Fais-moi participer à tes ivresses mêmes.

Fais-moi marcher heureux et fier en cette vie ;
Mets ta flamme en mon sein, ta clarté dans mes yeux
Et ma mortalité n'enviera pas les Dieux.
De ténèbres sans fin dût-elle être suivie!

IDENTITÉ

Un même désir vague au cœur de toutes choses,
Certains soirs, vient troubler les femmes et les roses;
L'homme, la bête et l'arbre ont les mêmes secrets;
La sève est un sang pâle aux veines des forêts.
La flamme du divin soleil est cette flamme
Qui fait la passion brûlante de mon âme.
Une même clarté rit dans l'astre et mes yeux.
Les Cieux rêvent par moi, comme je vis par eux;
Et l'homme a cet orgueil qu'un jour s'est condensée
Leur conscience, encore obscure, en sa pensée.
— Je pourrais dire aussi, comme le sage hindou :
J'ignore qui je suis, je viens je ne sais d'où ;
Mais la chair des soleils, mais leur âme est la mienne;
Rien d'eux, esprit ou sang, rien qui ne m'appartienne;

Le même esprit circule en l'Univers et moi :
Le rythme est dans mes chants identique à la Loi
Qui fait s'ouvrir la fleur et fait tourner l'étoile.
J'ai vu l'identité que la Maya nous voile ;
Et ce monde, où l'enfer se mêle au paradis,
C'est mon être et mon rêve à l'infini grandis,

BRAHM

Je suis l'Ancien, je suis le Mâle et la Femelle,
L'Océan d'où tout sort, où tout rentre et se mêle ;
Je suis le Dieu sans nom, aux visages divers ;
Je suis l'Illusion qui trouble l'univers.
Mon âme illimitée est le palais des êtres ;
Je suis l'antique Aïeul qui n'a pas eu d'ancêtres.
Dans mon rêve éternel flottent sans fin les cieux ;
Je vois naître en mon sein et mourir tous les Dieux.
C'est mon sang qui coula dans la première aurore ;
Les nuits et les matins n'existaient pas encore,
J'étais déjà, planant sur l'océan obscur.
Mon âme est le Passé, le Présent, le Futur ;
Je suis la large et vague et profonde Substance,
Où tout retourne et tombe, où tout reprend naissance,

4

Le grand corps immortel qui contient tous les corps,
Je suis tous les vivants et je suis tous les morts.
Ces mondes infinis, que mon rêve a fait naître,
Néant, qui prend pour vous l'apparence de l'être,
Sont, lueur passagère et vision qui fuit,
Les fulgurations dont s'éclaire ma nuit.
— Et si vous demandez pourquoi tous ces mensonges,
Je vous réponds : Mon âme avait besoin de songes,
D'étoiles fleurissant sa morne immensité,
Pour distraire l'horreur de son éternité !

LES TRÉSORS D'ALLAH

Un grand fleuve d'or roule en la mer qui s'embrase.
Le Soleil en sa pourpre est comme un beau rubis,
Le ciel jaune du soir est comme une topaze :
Des richesses d'Allah les yeux sont éblouis.

Le nocturne collier des limpides étoiles,
Oh ! quel trésor, Allah, le pourrait égaler !
Et la mort viendra-t-elle un jour nous révéler
Tous ceux qu'en tes harems tu gardes et tu voiles !

Nous sommes des fourmis rampant au pied d'un Roi ;
Que savons-nous de ses richesses entassées ?
Qu'avons-nous entrevu du ciel de tes pensées,
Atomes éperdus, pris de vertige en toi ?

CHANT FUNÉRAIRE

SUR UN THÈME VÉDIQUE

Soleil qui redescends vers l'océan des morts,
Rentre, ô mon être, en la Substance dont tu sors ;
Esprit, rentre dans l'air qui t'a soufflé la vie ;
Rentre dans le grand vent des mers qui purifie ;
Dans les flots, ô mon cœur, roule avec tes désirs ;
Nuit chaude, nuit aimante, emporte mes soupirs.
Feu créateur, Dieu pur, je te rends mes pensées ;
Qu'elles soient, par l'espace, en d'autres dispersées.
Terre, reprends ma chair, dissous mes ossements,
Transforme-les en fleurs que baisent les amants ;
Et lueur qui t'éteins, fugitive étincelle,
O mon âme, retourne à l'Ame universelle.

LE NÉANT DES CHOSES PASSÉES

Oh ! que d'univers engloutis
Dont nous ignorons les naufrages,
Tous sombrés, tous anéantis
Dans l'abîme effrayant des âges !

Quelle est donc la réalité ?
Est-ce la Mort ? Est-ce la Vie ?
La Vie et l'immense clarté,
Ou la Mort, la nuit infinie ?

L'Être, serait-ce le Néant
Qui dans mon vide se reflète,
Et qui de pourpre, en se créant,
Attife un moment son squelette ?

Dans le tourbillon éternel
Où roulent sans fin les atomes,
Qu'entrevoyons-nous de réel,
Fantômes parmi des fantômes?

J'apparais une heure et je fuis,
Rentrant dans l'ombre d'où j'arrive,
Vague étincelle entre deux nuits :
Qu'est l'existence fugitive?

D'innombrables êtres sont morts ;
Et ce long défilé des races,
Tous ces esprits et tous ces corps
Nulle part n'ont laissé leurs traces,

Qu'est cet étroit moi de vivant
Auprès des foules entassées
Des morts, sur qui je vais rêvant
Au néant des choses passées !

— Tout mon être tremble ; j'ai peur
Du noir abîme où je retombe !...
Oh ! la nuit sans fond, et l'horreur,
Oh ! le puits béant de la tombe !

LA REINE DE SABA

La reine de Saba, bercée
En son hamac d'or par un noir,
Dans le harem de ma pensée
Habite et gouverne, ce soir.

Sur sa robe sacerdotale
Ses grands cheveux lourds sont épars ;
L'immense nuit orientale
Semble rouler dans ses regards.

Les diamants, les pierreries
Des anciens trésors fabuleux,
Parures de ses mains fleuries,
Jettent moins d'éclairs que ses yeux.

Silencieuse elle se lève,
Elle découvre ses seins blancs,
Et, comme plongée en un rêve,
Vers mes désirs vient à pas lents.

Je commande : sa robe tombe;
Mon âme a l'éblouissement
De ceux qui sortent de la tombe
A l'appel d'Allah, leur amant.

Sa chevelure est un long voile
D'or et de moire; et dans les cieux
Alors s'écoule d'une étoile
Un chant d'amour mystérieux :

Elle écoute, s'émeut et tremble
Sous la caresse et la langueur
De ce chant de flûte qui semble
Un lointain soupir de mon cœur;

Et prenant ses voiles de soie,
De leurs frissons s'enveloppant,
Soudain elle dresse et déploie
Son beau corps, ainsi qu'un serpent.

Ses petits pieds et sa démarche
Ont pris un rythme cadencé,
Et, comme David devant l'arche,
Pendant une heure elle a dansé.

Et moi sur elle, tel qu'un mage,
Je tenais mes yeux grands ouverts,
Comprenant qu'elle était l'image
De tout ce fantasque univers,

De tout ce monde transitoire,
Dont Dieu pour charmer ses ennuis,
Fait une heure éclater la gloire
En la profondeur de ses nuits !

LA CARAVANE DU MONDE

Sans mon assentiment, Allah, tu m'as fait naître,
Et je n'ai pas compris pourquoi j'étais venu,
Ni comment ta magie avait fait apparaître
Un fantôme de plus en ce monde inconnu.

Que le gouffre est obscur de ton âme profonde !
En ton être infini rien n'est petit ni grand ;
Le monde est un atome et l'atome est un monde.
Notre sort à ton rêve est-il indifférent ?

— Et les yeux étonnés du spectacle des choses,
Parmi leurs visions, chancelant, au hasard,
Je marche et cherche en vain à deviner les causes
De la halte ici-bas, Allah, et du départ.

ALLAH PARLE AU POETE

De votre âme j'ai fait le miroir de mes cieux ;
J'ai fait se refléter l'infini dans vos yeux ;
Poète, qui reçus la parole féconde,
Tu dormais en mon sein, quand j'ai créé le monde :
Le rythme, qui régit ta pensée et tes vers,
Tu l'entendais en moi quand naquit l'univers.
— Qu'importe si pour vous l'illusion est brève :
Dans vos yeux fugitifs j'ai fait flotter mon rêve !...
Créatures d'un jour en mon éternité,
Vous tous, qui partagez mon songe illimité.
J'aime et rêve sans fin, sans fin je brûle et j'aime :
Aimez donc, et rêvez, brûlez comme moi-même !...
Chacun de vous peut dire, ô rayons dispersés :
« J'étais le Créateur dans les siècles passés !... »

Car du grand Tout vivant vous êtes les parcelles ;

De mon ardent foyer, en torrents d'étincelles.

Jaillissez et brillez une heure, âmes de feu,

Puis rentrez dans mon sein, et redevenez Dieu !...

O poète, entrevois le mystère des choses,

Que la vie et la mort sont les métamorphoses

De l'Être qui ne peut commencer ni finir,

Que je suis le Présent, le Passé, l'Avenir,

L'Océan éternel d'où tout astre s'élève,

Que, vous et moi, nous aurons fait le même rêve !

Poète, au souvenir de mes créations,

Fais dans ton âme aussi fleurir les visions ;

Ou sois l'aigle éperdu, qui monte des abîmes ;

Monte d'un grand coup d'aile, atteins les cieux sublimes,

Plane dans l'azur clair, dans l'orage et le vent,

Embrasse l'infini de mon rêve mouvant,

Regarde fixement mon âme, et, sur la terre,

Ébloui, palpitant, les yeux fous de mystère,

Quand tu redescendras, ô Poète inspiré,

Chante mes passions et mon néant sacré ;

Dis-leur ce que tu vis en contemplant mon gouffre ;

Dis-leur que comme toi, je jouis, aime et souffre ;

Chante alors ma lumière et chante aussi ma nuit,

Mes deux faces dont l'une est sombre et l'autre luit ;

Révèle ma splendeur et ma misère antiques ;

Unis l'horrible au beau dans tes hymnes mystiques ;

En ton âme, miroir de mes éternités,

Que l'ombre ainsi se mêle à d'immenses clartés ;

Et sois fier et sois ivre, ô fantôme, ô poussière,

De pouvoir adorer, à la vague lumière

Dont mon gouffre pour toi s'illumine un instant

L'illusoire splendeur de l'éternel Néant.

LA PASSION DE SIVA

Siva, Dieu de la mort, est beau comme une femme.

Siva survivra seul, un soir, à tous les Dieux :
Leurs têtes, ce soir-là, pareront sa poitrine,
Et, la paix du néant souriant dans ses yeux,
Siva se chantera sa passion divine :

« J'étais, au temps passé, l'âme de l'univers,
J'étais le jour, j'étais la nuit, j'étais l'aurore,
J'étais le printemps clair, les étés, les hivers,
L'immense vie ardente, et l'Amour qui dévore.

« Illusoire splendeur, j'habitais mon palais,
Ainsi que l'araignée au centre de ses toiles :
Les âmes tour à tour tombaient dans mes filets,
Et j'ai fait dans mon sein s'éteindre les étoiles

« Oh ! les morts, dormiez donc et rêvez dans ma nuit,
En attendant qu'un jour je vous laisse renaître,
Si j'ai besoin encor de lumière et de bruit,
Pour de nouveau combler l'abîme de mon être :

« Car l'abîme est profond et mon cœur plein d'ennui,
Et seul dans l'infini, debout, sombre, livide,
Je pense qu'autrefois mon sein comme aujourd'hui
Portait le ciel entier et restait toujours vide. »

TERREUR DU BEAU

Calme à l'égal des fleurs ou d'un jeune animal,
Tu répands tour à tour, en caprices savante,
La joie ou la douleur, et le bien ou le mal,
Et rien ne t'attendrit et rien ne t'épouvante.

Je rêvais un néant splendide : il est en toi ;
La candeur de tes yeux d'archange est un mensonge ;
Je t'adore pourtant, sans raisonner ma foi,
Lorsque tu m'éblouis de ta beauté de songe.

Je t'adore pourtant et ne redoute rien,
Te venant contempler, ainsi qu'une statue
Dont le corps serait froid et beau comme le tien :
Mon âme ne craint pas que ton amour la tue.

Mais mon esprit encore a soif de la beauté ;
Plus que jamais je suis troublé par son mystère ;
En vain je voudrais fuir : toujours je suis tenté
Par ce Sphinx aux yeux durs qui fait saigner la terre.

Je viens donc t'adorer, je ne viens pas t'aimer :
Je veux auprès de toi me sevrer de caresses ;
Les choses dès longtemps ont su m'accoutumer
Au froid rayonnement de clartés sans tendresses.

Ouvre-moi largement ces yeux qui me sont chers,
Idole dont la forme est si rare et sublime,
Qu'oubliant la banale étreinte de nos chairs,
De toi je sens monter un vertige d'abime.

J'interroge en ton corps d'un rythme sans défauts
Le mystère effrayant de la beauté parfaite,
Et peu m'importe alors que tes regards soient faux,
Quand de telles clartés rayonnent de ta tête.

Image aux traits si purs du mensonge divin,
Forme noble et sans tache et de splendeur vêtue,
Rappelant que la vie, où tout m'apparaît vain,
Pourrait n'être, elle aussi, qu'un songe qui nous tue,

5

Si tu vois par instant des larmes dans mes yeux,
Ne les crois pas venir de mon âme blessée ;
J'ai parfois cette angoisse en contemplant les cieux,
Quand j'y cherche de même un semblant de pensée.

Le secret éternel que recèle le beau,
C'est lui qui me tourmente en eux comme en toi-même ;
La beauté m'épouvante à l'égal du tombeau,
Tant j'ai vu de néant sous sa splendeur suprême.

Et c'est pourquoi devant ton corps tranquille et nu,
Devant son rythme pur et son éclat sans voiles,
Je tremble, comme aussi devant tout l'inconnu
Du ciel nocturne avec sa poussière d'étoiles.

LA MORT DU SOLEIL

I had a dream, which was not all a dream

BYRON

Les tsiganes jouaient un air
Sombre, plaintif et monotone,
Pareil aux clameurs de la mer
Sous les crépuscules d'automne.

Les violons, comme des flots
De tumultueuses pensées,
Semblaient jeter tous les sanglots
Des générations passées.

Dans cet océan de douleurs,
Dans cette mer plaintive et sombre,
Moi-même aussi, versant des pleurs,
J'étais comme un noyé qui sombre ;

Et tout au loin à l'horizon,
Par delà les vagues funèbres,
Par delà l'immense prison
Où je sombrais dans les ténèbres,

Le Soleil palpitait sanglant,
Et, dans une angoisse infinie,
Répandait sur mon cœur tremblant
La pourpre de son agonie.

Dans mes yeux béants l'avenir
Roulait déjà sa nuit profonde,
Et le monde allait donc finir
Avec mes yeux, miroirs du monde !

Le Soleil, comme un Christ en croix
Perdait son sang, perdait son âme,
Et, beau pour la dernière fois,
S'ensevelissait dans sa flamme.

Et, mes yeux dans ses yeux de feu,
Je mourus ; et l'astre splendide,
Hélas ! c'était le dernier Dieu,
Entrait avec moi dans le vide !...

Et les violons sanglotant
Chantèrent les douleurs, les gloires:
Et la chute dans le néant
De ces visions illusoires!

LE NUAGE

Tout naît en toi, tout meurt, tout tombe et rentre en toi :
Océan éternel aux larges eaux profondes,
O père dont je sors, Océan, reprends-moi ;
Donne au nuage errant le repos dans tes ondes.

Le souffle de la Mort et celui de l'Amour
Agitent le remous des effets et des causes ;
Et de ces flots confus j'ai dû surgir un jour ;
Rêve, j'aurai flotté dans le rêve des choses.

Un jour, hors de ton sein obscur je suis monté ;
Devant moi s'est ouvert l'infini de l'espace,
Et les vents au hasard m'ont poussé, m'ont porté :
Car notre âme est pareille au nuage qui passe.

Le nuage a longtemps erré par l'univers ;
A toute heure changeait sa bizarre fortune ;
Tantôt il traversait l'ouragan des hivers,
Et tantôt se baignait en de bleus clairs de lune

O père, de splendeurs un moment ébloui,
J'ai béni ma naissance et je t'ai rendu grâce.
Quand en toi se perdra mon cœur las aujourd'hui,
De ces splendeurs d'alors où survivra la trace ?

Que reste-t-il au ciel du nuage mouvant ?
Toute vie éphémère, en sa vague apparence,
Est le jouet ainsi des caprices du vent ;
Rien ne dure, sinon l'impassible Substance...

J'ai connu les hivers, les printemps, les étés ;
J'aspire maintenant au calme dans ton Être.
J'ai vu de longs jours d'or, de sublimes clartés,
Et pourtant je n'ai peur que de pouvoir renaître.

Père, engloutis-moi donc, sois donc bien mon tombeau ;
Et, si je participe à ta vie éternelle,
Que ce soit sans penser, tel que la goutte d'eau
Que la mer roule et berce inconsciente en elle.

Je ne jouirai plus, mais ne souffrirai pas ;
J'ai ri, pleuré, souffert, j'ai vécu : fais-moi trêve :
Je veux le vrai néant et l'absolu trépas,
Et le sommeil sans fin, que ne trouble aucun rêve...

O mon âme éteins-toi, lumière d'un moment !
Ta folle soif d'errer et d'être est assouvie ;
Ne redoute la mort que si la mort te ment,
Et nous leurre à son tour autant que fait la vie.

Père, anéantis-moi : j'ai vécu ; c'est assez.
Tu ne m'entendras pas pousser de cris funèbres ;
En ton abîme, avec tous les siècles passés,
Fais-moi descendre au plus profond de tes ténèbres !

FANTOMES

Vous toutes que j'aimai, vous que je crus aimer,
Vous qu'en voyant passer j'adorais en silence,
Vous dont le regard pur ne savait que charmer,
Ou, brûlant, me perçait ainsi qu'un fer de lance,

Je n'aurai plus bientôt qu'un souvenir confus
De votre clair passage en mes yeux et mon âme ;
Vos sourires enfuis, je ne les verrai plus,
Ni vos chères douceurs que le néant réclame.

O fantômes, pour moi qu'aurez-vous donc été ?
Pourquoi ce besoin fou de lueurs aussi vaines.
Et quand tous mes désirs buvaient votre beauté,
Que cherchaient-ils plus loin que les lèvres humaines ?

Que vouliez-vous, mes grands désirs inapaisés ?
Pourquoi du mal d'aimer l'adorable souffrance ?
Et ces corps fugitifs, que mordent nos baisers,
De quel beau plus réel seraient-ils l'apparence ?

— Ne te plains pas ainsi, mon âme : bénis-les,
Ces fantômes légers qu'arrêtaient tes caresses,
Pour avoir su tromper la soif dont tu brûlais,
Et tes ardents espoirs d'apaisantes tendresses.

O visions, à qui je parlais à genoux,
Puisqu'un vide est dans tout, et d'abord en moi-même,
Je pardonne à celui qui se cachait en vous,
Et, des pleurs dans les yeux, me souviens et vous aime

L'ENCHANTEMENT DE SIVA

Sous un figuier sacré, Siva, le Solitaire,
Méditait, accroupi sur des peaux de panthère,
Les yeux de la couleur d'un fer rouge, effrayant,
Sans souffle, nu, sordide, et tel qu'un mendiant.
Et les Dieux redoutaient le formidable Ascète
Qui, des éclairs soudains jaillissant de sa tête,
Pouvait anéantir tout ce vague univers ;
Et devant ses regards, les étés, les hivers,
Et les siècles passaient, ainsi que des fantômes
Ou que, vains et sans but, des tourbillons d'atomes.

Donc, les grands Dieux craignaient d'être tués un jour
Par ce Dieu de la Mort, qui méprisait l'Amour

Et demeurait très chaste, ayant vu le mensonge
De l'éternel désir, dont l'objet n'est qu'un songe,
Mais qui goûtait la paix ineffable des morts,
Et, n'ayant rien créé, n'avait pas de remords.

Les Dieux, ayant pensé que pour troubler une âme
Il suffisait des yeux ou d'un souffle de femme,
Afin d'illuminer et peut-être émouvoir,
Comme la Lune aimante émeut l'Océan noir,
Cet immuable Esprit, ce gouffre de ténèbres,
Cet ami des bûchers et des choses funèbres,
Créèrent, en prenant aux astres leur clarté,
Un être féminin d'éclatante beauté ;
Et quand cette Apsara, dans son lever d'étoile,
Apparut nue, avec ses longs cheveux pour voile,
Les Dieux même, devant ce corps éblouissant,
Connurent ce désir qui fait brûler le sang.

Et la Maya lui dit : « De tes attraits ravie,
Que l'âme de Siva, par qui meurt toute vie,
Soit troublée et vaincue, et les Dieux te feront
Siéger au milieu d'eux, une tiare au front.
Avec ton rire d'or descends donc sur la terre,
Et, très belle, séduis le divin Solitaire. »

Mais la Vierge hésita, quand elle lui dit : « Va, »
Épouvantée aussi par ce nom de Siva.
La Maya, la voyant morne et d'effroi glacée,
Comme une aube d'hiver par la pluie effacée,
En ce corps rayonnant de sa virginité
Mit l'âme de la femme avec sa vanité.
— Tout armée et parée, alors se sentant prête,
Sereine, l'Apsara chercha l'anachorète.

Elle allait au travers d'une immense forêt,
Parmi la pourpre et l'or d'un soir qui se mourait,
Quand elle vit l'Ascète, au fond d'une clairière,
Dans l'immobilité d'un yougin en prière ;
Et le rouge soleil, très bas disparaissant,
Sur sa tête posait un grand nimbe de sang.
Il la terrifia par sa face plus pâle
Que celle d'un mourant qui s'éteint et qui râle,
Et l'Apsara resta longtemps sur un rocher,
Debout, le contemplant, ne l'osant approcher,
Ses yeux bleus dilatés par la peur de cet Être,
Sombre abîme où jamais la pitié ne pénètre,
Et dont l'âme, perdue en l'horreur du néant,
La semblait attirer vers son gouffre béant.

Or voici qu'argentant les feuilles et la mousse,
Blanchissant la forêt, une lumière douce,
Tandis que s'effaçait la rougeur du couchant,
S'exhala d'elle, avec la tendresse d'un chant ;
Et, comme dans les bois quand le matin les dore,
Les oiseaux, affolés par cette étrange aurore,
Les oiseaux, qui déjà tous regagnaient leurs nids,
Emplirent les rameaux de leurs cris infinis...
Et la Vierge avança, de splendeur revêtue ;
Puis sans un mouvement, ainsi qu'une statue,
Se tint devant Siva, qui ne la voyait pas.
Murmurant un salut, elle fit quelques pas ;
Mais l'Être, en qui jamais un désir ne s'élève,
Ouvrait au loin ses yeux aveuglés par le rêve...

Tel qu'un serpent qui dort, l'Ascète lentement,
Sentant autour de lui ce tendre enchantement,
S'éveilla. La forêt entière fit silence :
Car d'un regard terrible, aigu comme une lance,
Siva fixait enfin cette apparition.

Il vit alors venir à lui la vision...
Elle se rapprochait, et n'était plus tremblante.
Mais le bravait, farouche, et, tout étincelante,

Ainsi que dans l'azur l'un des palais des Dieux,
Aux yeux du Solitaire elle plongeait ses yeux.
Elle était là, dressant son jeune corps robuste ;
Sous des gazes d'argent pointaient durs sur le buste
Ses deux seins qu'enfermaient leurs étuis de santal ;
Ses colliers, sa ceinture étaient faits d'un métal
Sombre et lourd, où flambait un ciel de pierreries ;
De topazes ses mains d'enfant étaient fleuries ;
Et ses jambes, ses pieds et le bas de ses flancs
D'une lueur d'éclairs perçaient, tendres et blancs
La frissonnante nuit, la nuit de mousseline
De sa jupe très noire, et si légère et fine
Qu'un amant l'aurait pu soulever d'un soupir.
Ses orteils s'étoilaient de bagues de saphir.
Et comme elle cambrait, si souple, sa stature,
Entre les petits seins bombés et la ceinture,
Ses chairs de lys avec leur pulpe de satin
Apparaissaient, ainsi que blanchit, au matin,
Sur la terre endormie et ténébreuse encore,
Souriante et nacrée, une bande d'aurore.
Large nappe d'or pur et de cuivre fondus,
Ses cheveux ruisselaient jusqu'à terre épandus,
Et, fleur plus belle enfin que ne l'était la tige.
Sa tête à tout mortel eût donné le vertige.

Siva la regardait, cherchant à concevoir
Ce qu'était ce prodige éclairant le ciel noir.
-- Et le funèbre Dieu comprit que la Nature
Dans tout cet être avait miré son imposture :
Cette chair rose et blanche avait pris ses couleurs
A l'apparent éclat des nacres et des fleurs ;
Son regard bleu semblait condenser la lumière ;
Et ses cheveux, c'était la forêt printanière ;
Et dans sa voix coulaient le murmure des eaux
Et tous les gazouillis, tous les chants des oiseaux...

Elle pâlit soudain d'une pâleur lunaire,
Lorsque Siva, debout, de la voix du tonnerre,
Lui cria, formidable, en levant une main :
« O mensonge, va-t'en ! c'est là-bas ton chemin ;
Ou prends garde à ces yeux dont le regard foudroie. »

-- « Pourquoi refuses-tu de goûter à ma joie ?
Lui dit-elle. Mes bras te voudraient enfermer.
Ne me repousse pas ; va, tu me peux aimer :
Je suis terrible aussi, je fais souffrir et tue ;
L'âme des héros fiers à mes pieds abattue
Râle et meurt, en pleurant vers l'aube de mes seins ;
J'ai su troubler les Dieux, j'épouvante les saints ;

Mon mystère est obscur non moins que ton mystère ;
Cruelle autant que toi , j'ensanglante la terre.
Ton santal est, dit-on, la cendre des bûchers ;
Moi, j'ai la cendre aussi des cœurs que j'ai séchés,
Des âmes que mes feux consument tout entières,
Et je règne avec toi sur les froids cimetières. »

Il lui redit : « Va-t'en ! » Mais le Dieu cette fois
Fit son regard moins dur et moins rude sa voix.
Et lente, à reculons, sans dire une parole,
La Vierge, s'entourant d'une blanche auréole,
Les yeux toujours vers lui, rentra dans la forêt.

Un vent chaud dans la nuit passa, qui soupirait...
Et Siva dans sa chair sentit une morsure,
La flèche vénéneuse ayant fait sa blessure.

Elle disparaissait, et ses grands cheveux clairs
Mêlaient, phosphorescents, leur lueur aux éclairs...
Et Siva se voulut replonger dans ses rêves ;
Mais des oiseaux jetaient au loin des notes brèves,
Ainsi que des soupirs entrecoupés d'amant,
Et toute la forêt frémissait doucement ;

6

Sous l'incantation des étoiles tremblantes,
Languissamment s'ouvraient des corolles de plantes,
Et le lourd vent d'amour, propice à leurs hymens,
Sur leur cœur dispersait l'averse des pollens...

Et Siva, les yeux fous et brûlants d'un feu sombre,
Poursuivit cette femme et s'enfonça dans l'ombre.

Il courait, il volait; mais, plus rapide encor,
Là-bas, elle fuyait, ainsi qu'un éclair d'or.
Il rampa sous les bois, se rua par les jungles,
Il déchirait ses mains et s'arrachait les ongles :
Il faisait se lever des troupeaux d'éléphants;
Féroce, il écrasait la biche avec ses faons;
Il entrait dans la vase où grouillaient les reptiles;
Il se heurtait au dos squameux des crocodiles;
Et les lions tapis sous les fourrés profonds
Tremblaient comme en ces nuits où hurlent les typhons.

Légère, elle glissait, pareille à l'hirondelle;
Or Siva, qui par bonds s'était rapproché d'elle,
En un rayonnement par la fuite exalté,
Un instant put revoir sa sublime beauté;
Et l'Apsara, cachée à demi par un arbre,
L'attendit, lui montrant un sourire de marbre;

Et vive, et de nouveau sous le bois se perdant,
S'éteignit, puis brilla, telle, en ce vol ardent,
Qu'une étoile emportée au fond des nuits d'orage,
Et que tour à tour couvre et découvre un nuage.

Bleuissant la forêt, la lune se leva.
La Vierge brusquement disparut ; et Siva
S'arrêta tout à coup, surpris d'un appel tendre...
C'étaient des voix d'oiseaux qui se faisaient entendre

En tout il retrouvait, voyait, halluciné,
Celle par qui l'espace était illuminé :
Quand la lune monta, dans ce pâle incendie
Il avait cru revoir sa lumière agrandie ;
Tous les astres du ciel lui rappelaient ses yeux,
Les torrents, les flots lourds de ses cheveux soyeux ;
A des troncs s'enroulant, les reptiles eux-mêmes
Faisaient rêver sa chair aux étreintes suprêmes,
Et des serpents unis qui broyaient les roseaux,
A ces embrassements dont craquent tous les os.
Le vent soufflait du Sud : sous sa tiède caresse
Les fleurs qu'il fécondait frissonnaient de tendresse ;
Et tout râla d'amour ; et les grands cerfs bramaient ;
Dans l'ombre miaulaient des tigres qui s'aimaient ;
Et pesants, et passant comme l'ouragan passe,

Des éléphants en rut se perdaient dans l'espace.
Et de nouveau Siva, terrifiant, hagard,
Se jeta dans la nuit qu'il fouillait du regard !

Grondant et chaud, ainsi qu'une haleine de forge,
Son souffle lui brûlait et desséchait la gorge ;
Alors il voulut boire, et, comme il approchait
D'une source, il la vit, Elle, qui se penchait,
Lissant ses cheveux blonds emmêlés par la course,
Devant le miroir clair que formait cette source.
Le matin blanchissait ; dans les moires de l'eau
L'aurore se mêlait aux reflets de sa peau ;
Et, cette eau l'attirant, la Vierge se mit nue.
Siva, caché, goûtait une extase inconnue,
Désaltérant ses yeux à cette nudité,
Et jaloux de ce flot qui léchait sa beauté.
De ses petites mains accrochant une branche,
Elle se balança, merveilleusement blanche ;
Puis, cessant de troubler le miroir du bassin
Dans l'onde transparente elle entra jusqu'au sein,
Et les fleurs de sa gorge, avec leur pointe rose,
Y semblaient des lotus où l'abeille se pose.
Avec un cri d'oiseau qui découvre un serpent,
Elle aperçut Siva sous les herbes rampant,

Et pareille à l'étoile au sortir de la nue,
Hors de l'eau, radieuse, elle s'élança nue.
Et le Dévorateur, qui l'avait cru saisir,
Flagellé plus encor par le fouet du désir,
En hâte des deux mains mit de l'eau sur sa bouche,
Et déchiré, saignant, se redressant farouche,
Il laissa l'herbe morte où son œil avait lui ;
Et la course reprit ardente entre elle et lui.

Elle, fuyant rapide et comme avec des ailes,
Lui, tigre bondissant qui chasse les gazelles,
Au travers d'un désert hérissé de rochers
Ils allaient, par moments l'un à l'autre cachés ;
Et lui sentait parfois, ainsi qu'une brûlure,
Le parfum que livrait au vent sa chevelure,
Tandis que loin toujours, toujours le devançant,
Sur ce désert en feu, mirage se dressant,
Elle laissait flotter, manteau d'or et de moire,
Ses cheveux qui dans l'air lui faisaient une gloire.

Le ciel était torride et le sable aveuglant ;
Elle glissait d'un vol qui devenait plus lent.
Or un bois apparut, où, dans son ermitage,
Sous les arbres priait un brahme de grand âge ;

Et franchissant le seuil, ainsi qu'à l'Orient
La candide splendeur du matin souriant,
Elle s'arrêta droite en face du vieux sage ;
Et lorsque celui-ci, relevant son visage,
Eut vu ce corps en fleur, de l'éclat des jasmins,
A son front il porta la paume de ses mains
Et, se courbant, lui dit : « Sois bénie, ô Déesse
Dont la venue est pour mes yeux une caresse ;
Ta joue est en sueur. tu palpites d'émoi ;
Serais-tu donc mortelle? alors, Vierge, dis-moi,
Vierge aux regards d'enfant, toute nue et si chaste,
D'où tu viens, quelles sont ta naissance et ta caste? »
L'Apsara doucement lui demanda du lait,
Et le vieillard trembla, tandis qu'elle parlait :

« J'ignore qui je suis et comment j'ai pu naître.
Qui peut dire comment et pourquoi naît un être !
Un matin, j'ai fleuri sur l'abîme profond ;
Les Dieux en nous créant voient-ils bien ce qu'ils font ?
Un délire est entré dans le rêve des choses,
Et je les trouble aussi, sans en savoir les causes. »

Le sage, enveloppé par le charme fatal
De ce beau corps, pareil à l'arbre de santal,

Ivre, comme ébloui, sans bouger devant elle,
Lui murmura : « Splendeur immortelle ou mortelle,
Dont, si calmes et doux, les moindres mouvements,
Glissent harmonieux, onduleux et charmants,
Le rythme qui régit les danses des étoiles
N'égale pas celui qu'à mes yeux tu dévoiles !
Vierge, les Livres saints, tous les Védas, c'est toi !
Ta beauté, c'est le Rythme éternel et la Loi !
J'ai vécu toujours pur ; mon âme s'est trompée :
Ton regard entre en moi, perçant comme une épée,
Plus fort que n'est ma force et déliant mes vœux,
Et je voudrais mourir en touchant tes cheveux.
Dans le ciel de tes yeux rit la seule lumière ;
Je fais le sacrifice et je dis la prière :
Qu'obtiendrai-je par eux que ne vaille ton corps ?
L'hymne saint du matin ne vaut pas les accords
De cette voix d'enfant me demandant à boire;
Le flamboiement du ciel brûle moins que ta gloire... »

Le vieillard se traînait, rampant sur les genoux,
Et ruisselant de pleurs qui lui paraissaient doux,
Quand Siva, se ruant devant l'anachorète,
Férocement cria, l'ayant pris à la tête :

« Qu'oses-tu bégayer, vieillard lubrique et fou ? »
Le roula sous ses pieds et lui tordit le cou ;
Et le corps disparut, consumé par la flamme.

Et Siva, la cherchant, ne vit plus cette femme :
Il prononça des mots magiques, pour la voir ;
Mais, vaincu par l'amour, il était sans pouvoir ;
Et lâche alors, afin de retrouver sa trace,
Il implora les Dieux et leur demanda grâce.

Et voilà que, plongeant ses yeux de toutes parts,
Il aperçut, fuyant au loin, des léopards ;
Et ces bêtes passaient ainsi qu'une rafale :
Elle était sur l'un d'eux, superbe, triomphale,
Et, d'un bras enroulée à son cou tacheté,
Étendait de son corps la fière nudité,
Et, telle qu'un rajah qu'une troupe protège,
Entraînait à sa suite un bondissant cortège
De tigres, de lions et de lynx, dont les voix
Rugissaient et tonnaient dans l'épaisseur des bois.
La Vierge souriait parmi cette tempête :
Des oiseaux bleus volaient en cercle sur sa tête

Pour ombrager son front de fatigue pâli,
Grand parasol couleur de lapis-lazuli.

En les suivant des yeux, Siva vit d'une roche,
Comme le soir tombait, que la mer était proche ;
Et par elle effarés, ces fauves, ces oiseaux
Tumultueusement vaguaient dans les roseaux...

Le Dieu d'un prompt élan atteignit le rivage,
Et la Femme plongea dans l'abîme sauvage...

Et la mer était sombre et roulait des sanglots,
Siva, dont la douleur hurlait comme ces flots,
La nuit étant venue, aperçut de la dune
Sur les eaux palpiter un clair lever de lune :
Et c'était elle encor, montant du gouffre amer ;
Et s'élançant vers elle, il marcha sur la mer.

Elle glissait, lumière ardente, sur les vagues ;
Et les flots adoucis calmaient leurs plaintes vagues ;
Sur ses pieds blancs les flots qui s'étaient apaisés
Semblaient éparpiller des essaims de baisers,
Comme des papillons volant sur des fleurs pâles :
Et dans la mer coulait un long fleuve d'opales.

Et, le Dieu s'avançait infatigablement ;
Et, l'attirant toujours comme le fer l'aimant,
La Vierge paraissait une colonne en flamme
Qui dansait, descendait et montait sur la lame ;
Et la poursuite ainsi dura jusqu'au matin,
Où tout à coup la Vierge, à l'horizon lointain,
Alors qu'un peu de jour aux ténèbres se mêle,
Se fondit dans l'aurore adorable comme elle.
Et lorsque le Dieu sombre eut cessé de la voir,
Le ciel, qui s'éclairait, à ses yeux se fit noir ;
Et tout autour de lui la mer comme une chienne
Aboyait, unissant ses fureurs à la sienne...

Mais, regagnant la plage, il vit que d'un rocher
Des singes se glissaient, cherchant à se cacher,
Et roulaient, et rampaient, et guettaient une proie ;
Puis il les entendit pousser des cris de joie
Si stridents et si fous, qu'il se dit : « Elle est là !»
Et d'un long beuglement d'amour il l'appela.

Sur la rive en effet contre un arbre appuyée,
De ses deux bras couverte, et pudique, effrayée,
Elle avait des frissons, comme si sur sa peau
L'haleine était déjà du monstrueux troupeau...

Et plein d'éclairs, typhon écroulé sur leurs têtes,
Siva saisit, tordit, broya toutes ces bêtes,
Et rouge du sang vil qui coulait de leurs corps,
Il dansa, trépignant et chantant, sur les morts.

Elle les regardait songeuse : et dans la femme
Obscurément passa comme un regret infâme ;
Et Siva décela sous sa pure beauté
Tout un fonds ténébreux de bestialité.
Il n'en fut que plus ivre et plus ardent peut-être
En son désir toujours croissant de la connaître.
Elle ne bougeait plus, mais d'un regard humain
Contempla le grand Dieu qui lui prenait la main,
Et, bien qu'il fût la Mort, se mit à lui sourire.

— Or, comme il l'étreignait, voilà que son délire
Se fondit tout à coup ; et ce fut le réveil !
Ses yeux troubles semblaient sortir d'un lourd sommeil
Et d'un songe où longtemps avait erré son âme ;
Et gisant à ses pieds, au lieu de cette femme,
Coulait et s'étalait, infect et repoussant,
Tout un putride amas de chair, d'os et de sang.
« O mensonge, dit-il, infection immonde,
Te voilà donc, objet des délices du monde !

L'Illusion, voulant me troubler, t'envoya,

Fantôme cher à ceux qu'égare la Maya.

Je suis l'Être qui sait que tout n'est qu'apparence,

Et que tout passe et meurt, l'ivresse ou la souffrance,

Et que tout amour ment pour être un créateur :

Je reste, seul réel, le calme Destructeur.

O Nature, dont luit splendide la surface,

Aux yeux que j'ai fermés tout ton néant s'efface.

Danseuse aux voiles d'or, dont le corps radieux

Tourbillonne devant les hommes et les Dieux,

Et dont la vanité dans la leur se reflète,

Sous tes gloires je vois se dresser ton squelette...

Mais ta vraie et durable image, la voilà,

Néant que le Désir à mon esprit voila !

Et sous l'arbre sacré l'Ascète au front livide,

Siva, se replongea dans le gouffre du vide.

LE RÊVE DE LA VIE

J'ai vécu, j'ai rêvé : n'aurai-je fait qu'un rêve ?
Et la douleur, la lutte, et le labeur humain,
Et la joie, et l'ivresse, ou la gaîté si brève,
Tout n'est-il donc pour nous, mortels, qu'un songe vain ?

J'ai vécu, j'ai rêvé, j'ai connu le mensonge,
Le mensonge d'aimer et de me croire aimé,
Et les baisers, les pleurs, tout ne fut-il qu'un songe,
Ainsi que la douceur des yeux qui m'ont charmé ?

Rêve, j'aurai passé dans le rêve des choses,
Et leur féerie étrange, et la terre et le ciel
A mes yeux morts, scellés sous leurs paupières closes.
N'auront-ils, en fuyant, rien laissé de réel ?

L'universel Néant s'est miré dans mon être ;
J'ai passé, j'ai rêvé, tourmenté comme lui ;
Rien n'est donc vrai que l'ombre où je vais disparaître
Avec le souvenir des clartés qui m'ont lui !...

Du moins soyez bénis, illusions d'une heure,
O songes fugitifs, mirages d'un moment,
Terre qui me portais, ô troublante demeure
Où l'homme endort un peu sa misère en aimant ;

Où dans les jardins clairs qu'alanguissent les plantes,
Sous les enchantements de la lune d'été,
Nos âmes se fondaient sur nos bouches brûlantes,
Échangeant des serments d'amour illimité !

— J'ai vécu, j'ai rêvé : n'aurai-je fait qu'un rêve,
Quand je tenais *sa* forme éphémère en mes bras ?
Et du rêve, ô mon âme, en la mort qui l'achève,
Que demeurera-t-il, quand tu disparaîtras ?

HOPITAL

Des enfants qui souffraient parce qu'ils étaient nés ;
Des femmes qui mouraient pour les avoir fait naître
Des hommes qui hurlaient ainsi que des damnés,
Et demandaient la mort, et ne voulaient plus être ;

Un enfant qui râlait et se tordait hagard,
De l'écume à la bouche, avec des cris de bête ;
Des vieillards dont les yeux n'avaient plus de regard,
Et dont tremblaient les mains, les jambes et la tête.

— Quand je sortis de là, j'allai je ne sais où ;
Je marchai, le cerveau malade, à l'aventure ;
Je regardai sans voir, comme ferait un fou,
Le ciel, les arbres verts, bercés dans le murmure

D'un matin de printemps, et restai tout le jour
Le front baissé, cherchant à comprendre où nous sommes,
Haïssant le soleil et maudissant l'amour,
Oubliant tout, hormis la misère des hommes.

RÉBELLION

Si tu ne voulais pas, Seigneur, en le créant,
Que l'homme se plaignît de ton œuvre imparfaite,
Il fallait pour toujours le laisser au néant.
Ou, comme aux animaux, nous mieux courber la tête.

De peur d'une révolte il te fallait garder
De mettre en notre esprit des rêves trop sublimes,
Et ne nous pas donner des yeux pour regarder
Trop avant quelquefois au fond de tes abîmes.

Mais tu nous fis ainsi : ne t'étonne donc pas
Qu'aimant et que pensant nous soyons des rebelles,
Et trouvions des laideurs aux choses d'ici-bas,
Que tes mains aisément pouvaient créer plus belles !

Ne pouvais-tu finir ce monde ou le briser ?
Ne prévoyais-tu pas qu'il deviendrait infâme ?
Ton chaos dure encor : pourquoi te reposer ?
La vieillesse et l'ennui seraient-ils dans ton âme ?

.

Tout affamé d'amour, de justice et de bien,
Je me dois étonner qu'un idéal se lève
Plus grand dans ma pensée et plus pur que le tien !
— Oh ! pourquoi m'as-tu fait le juge de ton rêve ?

RÉMINISCENCES

A Darwin.

Je sens un monde en moi de confuses pensées,
Je sens obscurément que j'ai vécu toujours,
Que j'ai longtemps erré dans les forêts passées,
Et que la bête encor garde en moi ses amours.

Je sens confusément, l'hiver, quand le soir tombe,
Que jadis, animal ou plante, j'ai souffert,
Lorsque Adonis saignant dormait pâle en sa tombe,
Et mon cœur reverdit quand tout redevient vert.

Certains soirs, en errant dans les forêts natales,
Je ressens dans ma chair les frissons d'autrefois,
Quand, la nuit grandissant les formes végétales,
Sauvage, halluciné, je rampais sous les bois.

Dans le sol primitif nos racines sont prises ;
Notre âme, comme un arbre, a monté lentement ;
Ma pensée est un temple aux antiques assises,
Où l'ombre des Dieux morts vient errer par moment.

Quand mon esprit aspire à la pleine lumière,
Je sens tout un passé qui le tient enchaîné ;
Je sens rouler en moi l'obscurité première :
La terre était si sombre, au temps où je suis né !

Mon âme a trop dormi dans la nuit maternelle ;
Pour atteindre le jour, qu'il m'a fallu d'efforts !
Je voudrais être pur : la honte originelle,
Le vieux sang de la bête est resté dans mon corps.

Et je voudrais pourtant t'affranchir, ô mon âme,
Des liens d'un passé qui ne veut pas mourir ;
Je voudrais oublier cette origine infâme
Et les siècles très longs que tu mis à grandir.

Mais c'est en vain ; toujours en moi vivra ce monde
De rêves, de pensers, de souvenirs confus,
Me rappelant ainsi ma naissance profonde,
Et l'ombre d'où je sors, et le peu que je fus ;

Et que j'ai transmigré dans des formes sans nombre,
Et que mon âme était, sous tous ces corps divers,
La conscience, et l'âme aussi, splendide ou sombre,
Qui rêve et se tourmente au fond de l'univers !

DANS UNE FORÊT, LA NUIT

Silencieuse horreur des forêts sous la nuit !
Chênes, fantômes noirs qui vous dressez dans l'ombre,
Bleus abîmes du ciel, gouffre tranquille où luit
Le fourmillement clair des étoiles sans nombre,

J'erre terrifié, les yeux fixés sur vous,
Toujours voulant percer le mystère où nous sommes,
Mais où vous demeurez, interrogés par nous,
Sans réponse jamais aux questions des hommes !

Univers éternel, arbre toujours vivant,
Ygdrasil, frêne énorme aux vibrantes ramures,
Quel esprit est en toi, quel grand souffle, quel vent
Vient t'agiter sans fin et t'emplir de murmures ?

Étoiles, floraison de cet arbre géant,
Qui ressemblez aux yeux terrestres de la femme,
Fleurs brûlantes du ciel, je songe à ce néant
Où vous vous éteindrez aussi, comme mon âme !

J'ai peur, mortel chétif, en cette immensité :
La ténébreuse horreur de ces bois me pénètre,
J'ai peur, quand au travers de leur obscurité
J'aperçois l'infini qui menace mon être.

Pourquoi suis-je donc seul saisi d'un tel émoi,
Seul atome pensant parmi tous les atomes,
Devant ces arbres noirs qui font autour de moi
Ce grand cercle muet d'immobiles fantômes ?

— Dans ce monde avec vous comment suis-je venu
O visions, avant que la mort ne nous fasse
Tous rouler pêle-mêle au fond de l'inconnu,
Regardons-nous, une heure encore, face à face !

MOÏSE

Un soir, dans le désert, Moïse étant très vieux,
Seul sur un haut rocher, se tenait soucieux
Et rêvait, regardant au loin la plaine immense.
Le ciel rouge du soir s'emplissait de silence ;
Le soleil descendait en des brumes perdu,
Et tout le camp aux pieds du prophète étendu
Sous ses yeux lentement disparaissait dans l'ombre.
Des troupeaux, au milieu, formaient un cercle sombre
Sur le sable, parmi des groupes de chameaux,
Et les hommes de garde auprès des animaux
Entretenaient des feux, et veillaient sur leurs bêtes.
— Or le vieillard, si fort que toutes les tempêtes
Demeuraient sans effet sur son âme d'airain,
Le héros rude et fier, dont nul pouvoir humain

N'eût su faire plier jamais le front sublime,

Moïse ce soir-là tremblait devant l'abime

De l'Infini, devant l'Infini ténébreux,

Et lui, chef et pasteur et prêtre des Hébreux,

Il sentait succomber ses rêves grandioses

Sous le doute éternel qui sort du sein des choses.

Il regarda longtemps son camp qui s'endormait,

Et le ciel, où la lune ardente s'enflammait,

Puis, fermant ses grands yeux d'aigle, le vieux Moïse,

Se dit : « Ils entreront dans la terre promise,

Mais moi, qui dois mourir avant, où vais-je aller ?...

O Maître dur, pourquoi crains-tu de révéler

Le secret qui se cache aux demeures funèbres ?

Pourquoi n'oses-tu pas éclairer ces ténèbres ?

Et, pareils aux troupeaux ignorants de leur sort,

Toujours il nous faut donc arriver à la mort,

Sans avoir pénétré l'horreur de son mystère,

Ni comprendre pourquoi nous étions sur la terre ?

Échappés au néant, nous rentrons dans la nuit.

Une heure, notre oreille aura perçu le bruit

Des choses ; nous aurons, entr'ouvrant la paupière,

Contemplé l'océan profond de ta lumière ;

Nos regards auront vu les abîmes des cieux

Se dérouler avec leurs flots mystérieux,

Et, comme en une mer où se bercent des îles,
Se bercer dans l'éther les étoiles tranquilles ;
Puis, le mirage éteint, dans le tombeau béant,
Ne connaîtrons-nous plus que les vers du néant ?...
Oh ! qu'est-elle, la Mort ? Et, pourquoi, criminelle,
Sans pudeur, sans pitié, trop souvent frappe-t-elle
Des enfants qu'ici-bas tu forçais de venir ?
Pourquoi sépares-tu ceux que tu viens d'unir ?
Par quel caprice, un jour, nous as-tu donné l'être ?
Quand rien n'était créé, qui demandait à naître ?
Si nous sommes tes fils, comment nous as-tu faits
Sans vertus ni vigueur, impuissants et mauvais ?
Et quel orgueil as-tu, quand, contemplant la terre,
Tu la vois promener sa honte et sa misère
De ciel en ciel, sans fin, à travers tous les temps,
Et n'enfanter que pour créer des mécontents ?
Oh ! ne sens-tu jamais se troubler tes pensées,
Quand pleurent à la fois tant de choses blessées ?
Quel besoin avais-tu des bêtes et de nous,
De lâches à tes pieds se courbant à genoux,
Ou, stupides, baisant des idoles de pierre,
Quand ta foudre éblouit leur débile paupière ?...
Cache-moi leur laideur ! Oh ! cache-moi ton mal !
L'homme n'est pas ton fils : l'homme est un animal

Né des autres, qui marche à travers la nature,
Comme eux tous, ne songeant qu'à trouver sa pâture,
Et, le ventre content, qu'à se coucher en paix.
J'ai voulu l'éveiller de son sommeil épais :
Mais ces volontés-là resteront longtemps vaines,
Car le vieux sang toujours coulera dans ses veines,
Le vieux sang de la bête au fond de l'être humain ;
Et tout cela pourtant est l'œuvre de ta main !
Oh ! je voudrais dresser mon front jusqu'aux étoiles,
M'élever jusqu'à toi, pour déchirer les voiles
Qui te couvrent, frapper à tes portes d'azur,
Et, tête haute, entrant dans le palais obscur
Où tu vis, te chercher, te forcer d'apparaître,
Et savoir à la fin, ô Roi, qui tu peux être ! »

— Et Moïse, disant ces mots, se releva.
Qui pourrait révéler ce qu'ensuite il rêva ?
Et le vieillard debout, rappelant la stature
Des animaux premiers de l'antique nature,
Apparaissait si grand alors sous le ciel bleu
Qu'il semblait de puissance à lutter avec Dieu.

— Cependant la nuit pâle enveloppait le monde
De ses fraîcheurs, la nuit versait sa paix profonde

Sur les êtres; la lune aimante dans les cieux
Brûlait, et le désert dormait silencieux.
Moïse, le matin, descendit dans la plaine,
Et, malgré les dégoûts dont son âme était pleine,
Il rendit, tout le jour, la justice aux Hébreux,
Il bénit les mourants, il toucha les lépreux,
Et prêcha la pitié pour la misère humaine.
Et Moïse mourut après une semaine.

LA PITIÉ DU BOUDDHA

« Prends un peu de repos dans la maison d'été
    De mes seins, pleins de senteurs douces ;
Mes cheveux te feront un tapis velouté,
    Aussi frais que celui des mousses.

« Arrête-toi ; ta joue est si pâle, tes yeux
    Laissent voir que ton esprit souffre ;
Pourquoi sans mouvement regardes-tu les cieux,
    Comme effrayé devant leur gouffre ? »

Le Bouddha répondit : « Femme, retire-toi ;
    Toutes les voluptés sont vaines,
Et rien n'existe plus de commun entre moi
    Et les apparences humaines.

« La fraîcheur et la paix, elles sont dans la mort.
　　　Vous, femmes, dont la beauté règne
Sur les mondes, il faut que le sage au cœur fort
　　　Toujours vous évite et dédaigne ;

« Car c'est votre beauté qui transmet le néant,
　　　C'est par son attrait que nous sommes,
Et c'est pitié qu'ainsi du désir d'un moment
　　　Naissent les misères des hommes ! »

Et, triste, le Bouddha poursuivit son chemin.
　　　Or, après de longues années,
Il revit, mendiante et qui tendait la main,
　　　La courtisane aux chairs fanées.

Il aborda, le cœur aimant comme toujours,
　　　Et les yeux bons, cet être immonde,
Et lui dit : « O ma sœur, où sont donc tes amours ?
　　　Comprends-tu le néant du monde ?

« Autrefois, je t'ai fuie, alors que la splendeur
　　　De ta forme attirait les âmes ;
Je reviens, aujourd'hui que l'on craint ta laideur
　　　A l'égal des choses infâmes.

« Et maintenant, ma sœur, sais-tu que tout est vain,
    Que toute forme n'est qu'un songe,
Et que le monde entier, comme le corps humain,
    N'est rien qu'un douloureux mensonge?

« Mais puisque tu gémis désormais sans beauté,
    Prends, ô ma sœur que l'on repousse,
Un peu de paix, que t'offre en sa maison d'été
    Mon âme aux âmes toujours douce. »

ΑΓΝΩΣΤΩ ΘΕΩ

Je n'avais droit à rien, et tu m'as tant donné,
Ma pensée et mes sens, mes yeux et mes oreilles,
Pour voir et pour entendre, à jamais étonné,
Mus du rythme éternel, l'Espace et ses merveilles.

Je n'avais droit à rien, et de toi j'ai reçu,
Être inconnu, par qui je suis, je vis et rêve,
La vision du monde un court moment perçu,
Et l'amour, dont la joie infinie est si brève.

Oh ! que suis-je, et qu'es-tu ? Je ne le puis savoir ;
Mais je te remercie, aux confins de la tombe,
De m'avoir tant donné, m'ayant fait entrevoir
Tes gloires d'or, avant la nuit où je retombe ;

D'avoir permis qu'à moi, le fantôme d'un jour,
Ainsi ta beauté vague ait été révélée,
Et d'avoir enflammé d'une goutte d'amour
Ma bouche, que bientôt la mort aura scellée.

Qu'avais-je mérité ? rien, et tu m'as béni ;
Comment et pourquoi moi, surtout moi, non tant d'autres,
Qui n'ont vu que le mal en ton Être infini,
Et tes laideurs pour eux à l'image des nôtres ?

Et bien que vil, comblé sans cesse de tes dons,
Mais songeant aux damnés, j'étais fou de blasphèmes ;
Les regrettant, j'implore aujourd'hui tes pardons,
Et tremble, ayant si mal mérité que tu m'aimes.

LE SAGE

Le vieux Viçvamitra dans les austérités
Avait vécu cent ans, et le farouche ascète
Assombrissait parfois de regards irrités
Le ciel clair, où les Dieux anciens menaient leur fête.

Le peuple entier du ciel redoutait ce géant,
Car le vieillard pouvait d'une seule parole,
S'il les méprisait trop, renvoyer au néant
Tous ces amants divins dont la Terre était folle.

Il avait si longtemps, du fond de ses forêts,
Jugé la vanité du ciel et de la terre !
Il avait pénétré d'effroyables secrets ;
Mais, comme il était bon, il préférait les taire.

Il savait qu'eux aussi les Dieux devaient périr,
Que tous étaient encor plus vains que nous ne sommes,
Et qu'un mot suffirait pour faire évanouir
Ces fantômes créés par le songe des hommes.

Et, proche de la mort, le Sage dit un jour :
« Tous ces Dieux, mon dédain les a trop laissés vivre.
J'élargirai le cœur des hommes par l'amour ;
Mais il est temps qu'enfin mon esprit les délivre ! »

--- Alors il aperçut, sanglotante, étouffant,
S'affaissant sous le poids trop lourd de sa souffrance,
Une femme qui, près du cercueil d'un enfant,
Les yeux au ciel, cherchait sa dernière espérance.

Et le vieillard pensa : « Le silence vaut mieux...
Quel mot consolerait cette âme qui succombe ? »
Et, n'osant pas encor faire écrouler les cieux,
Les deux doigts sur la bouche, il entra dans sa tombe.

Vers stoïciens.

COSMOS

Homme, un jour, tu naquis bestial et farouche,
Impur, sombre, mauvais : aime la pureté ;
Fais couler le pardon et l'amour de ta bouche ;
Aspire, libre et fort, à la sérénité.

Puisque, infime artisan d'un sublime prodige,
Tu créas l'art divin et la beauté des lois,
Ta noblesse présente à tout jamais t'oblige :
Achève de tuer la bête d'autrefois.

Que les pouvoirs obscurs d'un monde élémentaire
Connaissent grâce à toi le rythme harmonieux ;
Et si, tous les Dieux morts, tu restes solitaire,
Garde au moins les vertus que tu prêtais aux Dieux !

CRÉATIONS HUMAINES

Éphémères, chétifs, que sommes-nous pour toi,
Infini monstrueux, éternelle Substance ?
Sans borne est ta grandeur ; que compte l'existence
Des insectes rampant près du trône d'un Roi ?

Mais devant l'injustice où se complaît ta loi,
Mon âme t'a jugé, puis t'a fait résistance ;
Moi, néant, j'ai touché le fond de ton essence,
Et compris que le mal n'habitait pas qu'en moi.

Tu peux donc mépriser notre poussière humaine ;
J'aurai du moins l'orgueil que mon âme est sans haine,
Et que notre misère a su créer un jour

Ce qui ne se voit point en tes mornes abîmes :
La vertu, la pitié, les tendresses sublimes,
Et l'absolu du beau, du juste et de l'amour !

VERS DORÉS

Des vers retentissants valent-ils le silence
D'une âme qui remplit son devoir simplement,
Et, pour autrui toujours pleine de vigilance,
Trouve sa récompense et sa joie en aimant ?

La splendeur de la forme est une corruptrice ;
Les ivresses du beau rarement nous font purs :
Recherche désormais une autre inspiratrice
Que la Vénus aux yeux changeants, tendres ou durs.

Accomplis ton devoir, car la beauté suprême,
Tu le sais maintenant, n'est pas celle des corps :
La statue idéale, elle dort en toi-même ;
L'œuvre d'art la plus haute est la vertu des forts.

Le saint est le très noble et le sublime artiste,
Alors que de sa fange il sculpte un être pur,
Et tire un être aimant d'une brute égoïste,
Comme un sculpteur un Dieu d'un lourd métal obscur.

L'humble héros qui lutte et qui se sacrifie,
S'offrant à la douleur, à la mort sans trembler,
Seul t'apprendra les fins augustes de la vie ;
Et c'est à celui-là qu'il te faut ressembler.

Des tristes, des souffrants, de tant d'âmes qui pleurent
Approche avec amour, et les viens relever :
C'est en luttant, souffrant, en mourant comme ils meurent,
Qu'ils t'ont permis de vivre et permis de rêver!

Regarde-les parfois entr'ouvrant leurs yeux mornes
Sur cette vie étrange et terrible pour eux.
Que ta religion soit la pitié sans bornes !
Allège le fardeau de tous ces malheureux !

De ton âme l'ennui mortel faisait sa proie,
Étant le châtiment de l'incessant désir ;
Du fier renoncement de ton âme à la joie
Goûte la joie austère et le sombre plaisir.

Sache que les héros, les saints, tu les imites,
En détruisant en toi l'égoïsme d'abord ;
Meurs à toi-même, afin de vivre sans limites :
Toute âme pour grandir doit traverser la mort.

Connais du vrai héros la volupté profonde ;
Libre de sentiments égoïstes et bas,
Sentant battre ton cœur avec le cœur du monde,
Habite un lieu divin où la peur n'atteint pas.

Quand à l'âme de tous ton âme est réunie,
Si bien que leur douleur est ta propre douleur,
Alors tu fais ta vie immortelle, infinie,
Plus large aussi ta joie en y mêlant la leur.

Oui, ta vie est sublime, est harmonique et pleine,
De cette heure où ton être étroitement confond
Sa destinée avec la destinée humaine,
Et rentre, goutte d'eau, dans l'Océan profond.

EN ORIENT[1]

Quatrains d'Al-Ghazali[2]. — Quatrains d'Omar Kheyam.
Cantique des Cantiques. — L'Idole.

1. *Lemerre*, éditeur. — Un vol. petit in-12 de la collection elzévirienne.

2. Ce volume contient surtout la seconde édition très augmentée des *quatrains d'Al-Ghazali*, parus à la même librairie en 1896.

L'auteur les attribue au philosophe persan Al-Ghazali, qui naquit en l'an 450 de l'hégire, et vivait ainsi au XIe siècle de notre ère. Ce philosophe, dont le nom est à très peu près celui de l'auteur, et dont la pensée et la vie paraissent avoir ressemblé à sa vie et à sa pensée, n'a pas laissé de vers.

Si l'auteur a adopté cette forme des quatrains, c'est qu'elle était alors l'une des formes préférées de la poésie persane. Al-Ghazali eut pour contemporain Omar Kheyam, dont on connaît les quatrains immortels.

Les quatrains d'Al-Ghazali

L'amour de la femme.

O mon âme, écoute : c'est l'heure
Où la lune à travers les cieux
Soupire un chant délicieux,
Comme un chant de flûte qui pleure.

Avant que la Mort lève, inquiétant mystère,
Le rideau des secrets que Dieu cache à la terre,
Aime, et ne cherche pas d'où ton être est venu,
Ni ce qui doit t'attendre au fond de l'inconnu.

Je rêve d'un amour étrange et sans pareil,
Fait d'adoration très tendre, un peu mystique,
Presque semblable à des caresses de musique ;
Je rêve d'un amour qui n'ait pas de réveil.

Offre tes seins, ta joue en flamme
Aux souffles de la nuit d'été :
Dans la nuit j'ai versé mon âme
Pour la mêler à ta beauté.

Une coupe de vin, quelques fruits, et pour table
Une prairie en fleurs, et la bouche adorable
De l'amie, et ses yeux mi-fermés de langueur :
— Alors je sens, Allah, Ton baiser sur mon cœur.

La pleine lune avec son pâle enchantement
Extasiait la terre et charmait toutes choses ;
Les rossignols pleuraient dans le harem des roses ;
Et nos cœurs dans la nuit se fondaient en aimant.

Fraternise, ô mon âme, avec les astres d'or,
Ames aussi, brûlant par la nuit infinie ;
Brûle comme eux, palpite, aime et souffre, aime encor ;
Avec l'aube et les soirs sublimes communie.

Sons, lignes ou couleurs, tout rythme est une fête :
Je suis l'être pourtant que peut endolorir
La douceur d'un regard, et qui se sent mourir
A l'éclat meurtrier de la beauté parfaite.

Un vieux sage m'a dit que l'amour est un songe,
Mais que rien comme lui n'est divin par moments ;
Un vieux sage m'a dit que si tout est mensonge,
Il n'est rien d'aussi beau que celui des amants.

Mon âme est un Sultan, et mon corps est sa tente ;
Et le Sultan sans peur, bien qu'il soit dans l'attente
Du meurtrier qui doit le frapper quelque jour,
Écoute en souriant des musiques d'amour.

Afin d'éterniser le mal et la douleur,
Nous baisons en tremblant la surface et la fleur
D'un corps mortel qui loge en lui la pourriture,
Tant la surface est tendre et douce l'imposture !

Si tu m'aimes ou non, je ne le veux savoir ;
Je t'aime et m'en contente, et ne sais qu'une chose,
C'est que ton corps exquis est doux comme la rose
Qu'en rêvant je respire et baise tout un soir.

Pour dissoudre ton corps et pour tuer ton âme,
La Mort sait ainsi prendre un visage de femme
Avec de grands yeux purs et pareils à des fleurs,
— Et tu baises les yeux infâmes dont tu meurs.

Lune, tête de mort illuminant les nuits,
Tu nous viens enseigner comme tout est mensonge,
Lune qui fais les cieux plus tendres, quand tu luis
Sur nos amours, et fais plus divin notre songe.

L'amour mystique.

Rien donc ne m'aura su rassasier jamais
De ce qui m'attirait jadis et que j'aimais ;
J'avais demandé trop aux lèvres de la femme :
Seul l'Océan d'amour, Dieu, peut remplir une âme.

Au sein de l'Océan la goutte d'eau gémit :
L'Océan lui répond : « S'il est quelque distance
Entre nous deux encor, c'est ton cœur qui la mit :
Meurs, et tu seras Dieu, rentrée en Ma substance. »

Vis d'adoration, vis d'extase et d'amour !
Aime, désire et souffre, et fais que chaque jour
Ton cœur s'ouvre plus large à des amours plus grandes !
Prends sa joie au soleil, et qu'à tous tu la rendes !

Au sein des mers, au fond du ciel, partout je vois
La végétation de Ta vie infinie
Soumise au rythme, au nombre, à la loi d'harmonie :
— Et c'est pour T'imiter que je scande ma voix.

A l'origine était le Rythme, et lorsque Dieu
Fit se cristaliser ces îles du ciel bleu,
Les étoiles, déjà le Rythme était en elles,
Et tout vibre, et tout vit par ses lois éternelles.

Féerique et remplissant l'espace d'étincelles,
Le Ciel est un oiseau d'azur qui bat des ailes
Sur la route, Seigneur, que lui montra Ta main :
Quel but poursuit son vol ? Où sera-t-il demain ?

Comme un nuage d'or en la pourpre du soir,
Allah, l'univers roule au fond de Ta pensée :
Tel que la mer en feu par le ciel caressée ;
Par Toi transfiguré, mon rêve est Ton miroir.

Je suis l'Infini vague et suis le Temps sans bornes ;
Mon rêve a fait fleurir les éternités mornes ;
Je suis l'Amour et suis la Mort, le gouffre aimant
D'où le néant prend l'être et surgit un moment.

Le nuage sait-il la force qui le pousse,
Force terrible un jour, un autre calme et douce ?
De vous maudit une heure, une autre heure béni,
Me connaissez-vous mieux, Moi, le Souffle infini ?

Le doute.

J'avais la foi jadis et n'ai plus que le doute ;
Je me sens, pour agir, moins allègre et moins fort.
L'arbre de la science est l'arbre de la mort,
Et ses fruits sont amers à celui qui les goûte.

Éphémère témoin de l'histoire des cieux,
Je contemple, étonné de leurs métamorphoses,
L'Infini qui voit naître et mourir tous les Dieux,
Et fait pour le néant se lever toutes choses.

Sans mon assentiment, Allah, Tu m'as fait naître,
Et je vais redescendre en l'inconnu béant,
Avant d'avoir compris le secret de mon être,
Dont la grandeur m'étonne autant que le néant.

Allah, j'ai médité sur toutes Tes naissances,
Sur Tes aspects divers, renouvelés sans fin,
Et Te voyant souffrir sous ces mille apparences,
J'ai partagé l'horreur de Ton néant divin.

9

Lien mystérieux du néant et de l'être
Amour, oh ! Pourquoi donc m'avoir fait apparaître
Fantôme aussi parmi ces fantôme divers,
Et comme eux étonné par ce vague univers.

O Mort blême et glacée, et qui répands l'effroi,
De tout être ici-bas repoussée et honnie,
O Mort, pour ta pitié cependant sois bénie ;
Car le bétail humain n'a de repos qu'en toi.

Ta place, ils la prendront, ceux qui viennent de naître.
Tes fils, jeunes et forts, les sens-tu, triomphants,
T'écarter, comme toi jadis, enivrés d'être ?
— « Va-t'en, me dit la Mort, tu gênes tes enfants ! »

Les mondes engloutis en Ton éternité,
Évanouis en Toi, qu'auront-ils donc été ?
Un rêve, la lueur d'un éclair bleu qui passe ?
— Pourquoi ce trouble vain un moment dans l'espace ?

Ta passion divine est pareille à la nôtre :
Pourquoi dans Ton cerveau courent ces astres fous ?
Et Ton âme infinie, Allah, n'est donc pas autre
Que celle qui s'agite et se tourmente en nous ?

Animal monstrueux qu'agite une âme obscure,
Monstre muet, comment, ô ma mère, ô Nature,
Suis-je ta conscience et ton verbe, et pourquoi
Sembles-tu ne penser et ne parler qu'en moi ?

Inconscients, parfois hallucinés et fous,
Les pauvres animaux sont avec leur folie
Le rêve obscur d'un Dieu qui se réveille en nous,
Et s'épouvante alors de son œuvre accomplie.

Certains soirs où les sens s'exaltent, l'univers
Paraît une œuvre encor divine et magnifique ;
Et les soupirs du vent ont la douceur des vers,
Et les lueurs du ciel semblent une musique.

Les êtres pour le sage ont l'aspect de fantômes ;
Vaine agitation de forces et d'atomes,
Un mouvement sans but tourmente l'univers,
Que sans but réfléchit l'eau calme de mes vers.

Tu sais le dénouement et la scène dernière :
Plus de dents, de regards, de paroles, — plus rien.
Une minute encor goûte et bois la lumière,
Médite ou rêve, agis surtout, et fais le bien.

La pitié du renoncement.

Qu'une nouvelle vie aimante en toi commence ;
Multipliant en toi la joie et les douleurs,
Vois dans l'Humanité comme ton être immense,
Et fais tiens ses espoirs, son ivresse et ses pleurs.

Mon âme était tombée en un séjour étrange,
Dans l'ordure et le sang, dans la nuit et la fange,
Et c'est de là pourtant qu'elle est montée un jour
Pour son ascension sublime vers l'amour.

Consacrant tout ton être à l'Idéal suprême,
Combats sans nul espoir ni souci de toi-même ;
Et, vaincu, garde encor la fierté de tes yeux,
Car tu fais œuvre sainte en la place des Dieux.

Oh ! les voyants, les fous, les saints hallucinés,
Nous leurs devons notre âme et le peu que nous sommes,
Et ce tourment auquel ils nous ont condamnés,
Étant des animaux, de devenir des hommes.

J'ai plané dans les airs, j'ai nagé dans les ondes,
J'ai transmigré partout ; du sein des mers profondes,
Pour monter vers le jour j'ai fait de longs efforts ;
J'ai déjà revêtu plusieurs milliers de corps.

La Nature accomplit sans morale et sans goût
Son œuvre indifférente au beau pur comme au juste ;
Et c'est nous qui créons ou qui recréons tout,
Toute vertu sublime et toute forme auguste.

Qui renonce à sa vie étroite et sait mourir
Aux royautés du monde, est le Roi que j'envie;
Qui, pour aimer plus fort, accepte de souffrir,
Conquiert, amant heureux, le secret de la vie.

Bouddha, maître sublime, ô le plus saint des maîtres,
Fais-moi riche de ta sagesse et de tes dons,
Donne-moi ta douceur tranquille, et tes pardons,
Et ton mélancolique amour pour tous les êtres.

Que peux-tu désirer, cœur plus grand que le monde,
Hors d'aimer, d'être fou d'amour, d'aimer sans fin,
Et d'alléger parfois la misère qui gronde
Chez ceux dont l'âme a soif et dont le corps a faim ?

Tout le ciel se reflète au fond de ta prunelle.
Participe à la Vie immense, être d'un jour;
Par la science, ou par le rêve, ou par l'amour,
Être éphémère, en toi mets la Vie éternelle.

Rends familier ton rêve avec l'éternité ;
Accoutume tes yeux au gouffre de l'Espace,
A tout cet effroyable inconnu, qui dépasse
L'habituel courage humain, si limité.

Effet mystérieux de l'infini des causes,
Quand tu te sentiras un avec toutes choses,
Avec le ciel, avec la terre dont tu sors,
Tu ne t'effraieras plus de l'ombre où vont les morts.

Libérant ton esprit de l'effroi du trépas,
Parmi les purs, les saints dont la vie est profonde,
Communiant sans cesse avec l'âme du monde,
Habite un lieu sublime où la peur n'atteint pas.

Pour le contemplatif de la vie éternelle,
Perdu dans la Substance et comme éteint en Elle,
Demain n'est pas, non plus qu'hier ni qu'aujourd'hui ;
Et les mots vie ou mort n'ont plus de sens pour lui.

LA GLOIRE DU NÉANT [1]

Sous le Ciel du Nord. — En Orient. — La Forêt brahmanique. — L'Illusion. — Le Cosmos.

1. *Lemerre*, éditeur, un vol. in-16. *La Gloire du Néant*, seconde édition, revue et augmentée du *Livre du Néant*, paru en 1868, à la même librairie.

Sous le Ciel du Nord

L'Infini sur ma tête, au-dessous l'Infini encore, et au milieu ce bruit des rues, ces hommes et ces femmes, ces fanges : quel rêve ! Et qui le fait donc ? Moi, mon cerveau malade, ou à la fois le cerveau de l'Infini malade et le mien !

Et ainsi les innombrables et formidables forces de l'Univers, les forces de la Terre et du Ciel en travail pendant l'immensité des siècles, pour aboutir à cela, à ce chaos toujours, à ces platitudes et à ces misères, à ces douleurs et à ces crimes, à ces combats féroces entre les races, les classes, les espèces, tous les êtres, — qui n'auraient eu, et si simplement, qu'à ne pas *être* !

En pleine mer, j'ai souvent pris plaisir à descendre par la pensée dans le gouffre qui était sous moi, dans ces profondeurs insondables, où nagent des monstres inconnus, où s'épanouissent des fleurs et des coquillages ignorés, et où le remous par instant soulève de blancs cadavres, restes d'anciens naufrages. La terre, comme un vaisseau, nous porte, et, au-dessous, qui osera sonder l'abîme horrible, silencieux, où flottent tant d'éternités mortes et d'antiques cieux naufragés?

Dans ces millions d'étoiles flottant par l'infini règnent sans doute aussi la douleur et la mort : et qui croirait, à voir la paix du ciel, que palpitent en lui tant de choses blessées?

Pour qui est ce monde? Pour nous? Mais à peine arrivés, nous ne songeons qu'à nous *distraire,* qu'à nous arracher au lourd ennui de vivre, au poids des heures monotones.

Pour Dieu? Mais quel est le Dieu qu'un tel spectacle amuse?

Tel qu'un enfant, la nuit, perdu dans une forêt, et qui frissonne et tremble devant l'inconnu des ténèbres, dans cette forêt de l'infini, dont les cimes sont fleuries d'étoiles, parfois je marche égaré et comme fou, épouvanté de son silence et des regards muets que me jettent les choses.

Oh! ne devrions-nous pas, nous sachant irrévocablement mortels, vivre comme des condamnés, qui dans l'horreur de l'exécution prochaine, tourmentés, meurtris par les bourreaux, et tout affamés de tendresse, se rapprocheraient, se serreraient cœur contre cœur, par un mouvement de désespoir et de pitié mutuelle? Ne devrions-nous pas, communiant à la même coupe d'amour, de douleur et d'effroi, passionnément, frénétiquement à certaines heures nous chérir les uns les autres, goûtant la sombre extase que donnait aux martyrs chrétiens ou aux victimes de la Terreur l'entrée dans la

mort d'une foule exaltée tout entière par l'épouvante et la commisération réciproque d'aussi terri-
fiantes angoisses ?

Le fond des choses est inquiétant ; mais la surface nous rassure, et nous nous laissons prendre
aux éclats de rire du Soleil.

Mère pour les uns, marâtre pour les autres, pure
et impure, belle et hideuse, tendre et cruelle,
adorable et haïssable aussi, Nature, qui aimes et
qui tues, qui tues et qui aimes, oui, le Sphinx
est bien ton image : tête de femme et corps de
bête !

Isis, que caches-tu ? — Est-ce ta laideur ?

Homme, bête impudique et lubrique, qui créas
le Diable, le fis cynique, immonde, si parfaite-

ment à ton image, homme, ô brute obscure, adoratrice du Lingam, de Baal, des Dieux monstrueux et féroces !...

Homme, animal sublime, qui créas les religions saintes du Bouddha et du Christ, et rêvas les Vierges angéliques, mères adorables de Dieux aimants, animal sublime, qui créas la justice, le beau, le bien, la science, et sais vaincre par elle la Douleur et la Mort !...

Force universelle, toi qui animes et qui meus la matière, toi dont l'activité, la passion incessante se manifestent en des apparences si diverses, en mouvement, en électricité, en lumière, dans la danse des mondes ou celle des atomes, dans le flux et le reflux des êtres, poussés vers la vie par l'amour, repoussés hors d'elle par la mort, ô Force universelle, tu fais l'incendie magnifique des soleils d'or et des étoiles; tu es la foudre et l'orage, et l'aurore boréale frissonnante d'éclairs, et l'air par qui nous vivons et brûlons; tu es la lumière et l'ombre; tu es la fleur et le poison; tu es le foyer d'où toutes les créations et tous les Dieux jaillissent, tels qu'un tourbillon d'étincelles ou les

lueurs rouges d'un volcan. Ton sang est le sang
de nos veines, mais ta Pensée serait-elle en nos
pensées, quand elles se débattent et roulent dans
la démence, dans la nuit et l'horreur de la folie ou
du crime ?

Femme, si j'osais, j'ouvrirais ta chair, et, mettant à nu ce qu'elle cache d'ordures, je ferais de
dégoût reculer tes amants. — Mais, à la surface,
resplendit l'illusion magnifique, le radieux mensonge de ta beauté ; et cette beauté, faite de choses
repoussantes, cette illusion et ce mensonge,
nous font plier les deux genoux, pâlir, balbutier,
mourir !

Et la femme répondit tranquille : « C'est de cet
intérieur qu'est sortie ta pensée ! »

Au cimetière des Aliscamps, les amants se
posent sur les tombes.

Au cimetière des Aliscamps, comme un fantôme, la Lune monte ; la Lune au visage de morte,
la Lune morte pleure et soupire, et, silencieuse-

ment, en pluie de perles, ses larmes coulent sur la terre.

Au cimetière des Aliscamps, les hauts peupliers gémissent, droits comme les vivants sous le ciel; et dans leur allée frissonnante, coupée de clartés et d'ombres, sur les tombes les amants rêvent, les amants unissent leurs lèvres, entremêlent et fondent leur âme en l'extase de baisers mortels.

Au cimetière des Aliscamps, j'ai vu l'image de la vie : le jardin du monde est un beau cimetière, où l'Amour, l'adorable Amour, se pose et rêve sur les tombes.

La Terre brûle comme une amante. Le Soleil de baisers la couvre, l'étouffe, l'oppresse; elle le veut encore, toujours et sans fin le rappelle. — Aimez donc tous, aimez ainsi; brûlez ainsi, chairs des amants. Ayez votre heure d'illusion, votre part du divin mensonge; un instant dans vos bras mortels enfermez, pressez, étreignez l'immortelle beauté du néant !

La tête de mort, elle éclate de rire, au souvenir

de la vie terrestre. Au souvenir de ses passions, de ses rêves, de ses amours, la tête de mort, elle éclate de rire. Elle se rappelle ses orgueils, ses croyances, et ce qu'elle nommait ses pensées, et elle éclate de rire, l'horrible tête de mort, pendant que les vers qui grouillaient en elle la quittent, ayant fini leur œuvre.

Je me contredis à toute heure : mon âme est comme l'onde, mobile et changeante, parfois lumière et or, reflétant un grand ciel d'azur, parfois livide, sombre, glacée, morbide, triste comme un marais d'automne, fouetté par une pluie grisâtre ou par un vent funèbre et gémissant,

Que de ténèbres j'ai traversées, que d'épouvantes et de souffrances! Et malgré elles cependant, et de la nuit du gouffre, je suis remonté *à la surface*; — j'ai revu le sourire de l'enfant, la candeur des vierges, la sainteté des mères, la grandeur des héros, l'œuvre lumineuse du génie, toutes les clartés de l'âme humaine : — et j'ai douté de l'omnipotence du Mal, comme jadis j'avais douté de celle du Bien, de la pureté, de la bonté chez les êtres.

Un mystère repose, un mystère d'amour, au fond de certaines fleurs et de certaines nuits tièdes; mais les mots malaisément expriment ce qu'enseignent les choses silencieuses.

Et un soir, je regardais longuement ton visage, et des larmes montèrent à mes yeux, larmes douces, larmes d'amour, chaudes comme une pluie d'été, larmes qui débordaient du trop-plein de mon cœur... Mais n'étaient-elles pas aussi d'angoisse et de mélancolie, à la pensée que la beauté pure, la beauté tendre et frêle de ton visage, et les fleurs mystiques de tes yeux étaient offertes à la vie, au souffle flétrissant de la vie, qui fane et qui tue, de la vie amère, et pourtant quelquefois si douce, — comme ce soir l'étaient mes larmes?

La tristesse de Salomon fait l'affliction de son peuple. Toute puissance est en lui. Sur un trône d'ivoire et de pierres précieuses, le Roi brille, comme une lumière. Il a conquis toutes les gloires ; il possède tous les trésors. Il a le don de poésie ; il détient les secrets de la science ; il commande aux Génies de la Terre, de l'Eau et du Ciel ; il comprend le silence des plantes et le langage des oiseaux ; il entend la musique des astres, il perçoit la danse des atomes.

Et cependant sous sa couronne, dont les pierreries étincellent, le grand Roi penche sa tête pâle ; sous son triomphal manteau d'or, il fléchit ses maigres épaules ; il médite, il rêve et il pleure : et le chant des oiseaux et celui des étoiles, et l'enfant merveilleuse aux tendres yeux de fleurs qui, assise sur les marches du trône, fait vibrer délicieusement pour lui les cordes d'un luth surnaturel, rien ne le charme, ne l'émeut, ni ne le peut distraire.

Il sait que tout est vain, gloire, grandeur, science et amour ; il sait que tout est illusion et songe, et qu'en ce monde tout doit périr ; et lui, le plus

puissant et le plus aimé des Rois, devant qui, un
soir de jadis, comme une hirondelle, tourna dans
une danse ineffable la voluptueuse Reine de Saba,
il pleure sur l'universel néant et sur sa propre
vanité, sur l'écroulement de lui-même.

Je ne sais où je suis, qui je suis ; je ne sais qu'une
chose, c'est que je suis homme, ange et bête, lumière et boue : la chose, après *Dieu* et la Nature,
la plus incompréhensible, — peut-être aussi la
plus vide qui soit.

L'éternité est un infini, et qu'un infini pourrait seul remplir ; — et pour le remplir, ô mon
âme, tu n'as que tes lâchetés, tes misères, tes pe-
titesses.

Si l'homme est fils de *Dieu*, je ne comprends
plus la laideur, la bassesse humaines, cette bête
qui sommeille ou rugit en nous ; si l'homme est
fils de la Matière, d'une Matière sans âme ni pen-

sée, je ne comprends plus sa pensée, son âme,
ses besoins d'infini, ses rêves sans limites.

Souviens-toi que tu dois mourir et sans doute
mourir tout entier, corps et âme.

Hâte-toi donc, gorge-toi de lumière, soûle-toi
d'amour et de beauté! Avec le vin du rêve, emplis
d'éternité et d'infini les courtes minutes de ta vie
terrestre! Le condamné à mort peut demander un
repas royal : demande un repas *divin*; mais hâte-
toi, car l'heure de l'exécution approche.

Ce qui fait la grandeur de l'Amour, sa sublime
et religieuse horreur, c'est qu'il perpétue la Vie,
la Pensée, l'Esprit et le Sang, *Dieu* en ses milliers
de formes.

Aussi, pour les noces du Masculin et du Féminin éternels, le ciel nocturne, les mers et les forêts,
tout tressaille, chante, s'illumine; l'air est tiède;
les étoiles brillent, comme des yeux brûlants de
désirs; la mer caressante baise la plage, et chante,
paisible, une chanson vague, qui berce et alanguit

l'âme; le clair de lune bleu enveloppe les bois; tout se tait; et les fleurs se meurent dans la nuit, les soupirs des fleurs montent dans la nuit, leurs chauds soupirs, leurs parfums lourds, où leur cœur s'exhale et expire de volupté.

O Hymen, ô Hyménée! L'Amour recrée ce qu'avait tué la Mort; mais, chose effrayante! c'est pour elle de nouveau qu'il travaille et refait son œuvre.

Aussi ceux qui aiment, de peur qu'ils n'hésitent sans doute, comme les initiés du Vieux de la Montagne, sont-il voués à l'ivresse!

Les fleurs, le vent du sud, la lune d'été ont versé leurs poisons subtils; et, complices du Destin dont ils seront bientôt les victimes, ayant bu le fatal et délicieux breuvage, les pâles amants s'étreignent en de mortels baisers, et malgré eux, parfois, évoquent de nouveaux êtres à l'étrange mystère de la vie.

Pourquoi né dans ce siècle, non dans un autre? Dans cette patrie, non dans telle autre? De tel et telle, et non d'autres? Pourquoi ma forme, ma pensée, et non celle-ci ou celle-là? Pourquoi n'être pas de race jaune, avec l'œil oblique, déformant la vision du monde, et des idées mongoliques, des rêves de Dragons au rictus terrible, de Dieux féroces, à corps de monstres?

Ainsi ma pensée, ma forme, sont la résultante du milieu spécial dont je sors; et c'est toute une part de fatalité dans ma vie physique, intellectuelle, morale; mais je me révolte contre les opinions, les jugements des miens, de mon pays, de ma race; et c'est ma part de liberté.

Les Stoïciens, race superbe, hommes d'opposition redoutable! César, le Jupiter terrestre, et Jupiter, le César d'en haut, semblent complices. Où fuir? où se réfugier? — En soi-même. — L'homme, en son âme, se peut créer un monde d'idées pures, qui le console du réel. Oui, par son âme, il est libre. Quelle puissance lui ravirait cette liberté? Ni le Ciel ni la Terre ne peuvent l'empêcher d'être juste.

J'aime le Caire, cette ville de la Mort, et si, peintre, sculpteur ou poète, j'avais à reproduire

l'image du Néant, sur un trône d'ivoire exhumé
du tombeau d'un Calife, je le placerais là, vêtu
d'or et de pourpre, et tout étincelant d'escarboucles,
de topazes brûlées et de rubis, comme resplendit
chaque jour cette mélancolique cité sous l'or de son
soleil ou sous l'incendie de ses couchants. La
Mort, elle est ici partout visible : à l'horizon, les
Pyramides, ces vieux monuments de sa gloire, se
dressent entre le désert où elle règne, taciturne et
formidable, et l'îlot vert, la plaine étroite, où rit
et frissonne la Vie ; à l'Est, s'effritent mélancoli-
quement, croulent les tombes des Califes ; au Sud,
celles des Mameluks, et qui bientôt ne seront
plus que poussière, comme les corps autrefois
somptueux, quelque temps enchâssés en elles.
Hors de la ville, de toutes parts, de hautes col-
lines de débris, détritus de mille générations dis-
parues, et des tombes bossuant la terre, des
tombes à l'infini, d'une blancheur de chaux aveu-
glante au soleil, ou qui luisent pâles sous la lune,
beaucoup crevées, affaissées, sans nom, et dont les
ossements et les cendres sont déjà mêlés à ce
sable jaune, au néant du désert.

J'étais dans l'abîme, je dormais dans l'abîme, et de l'abîme je suis monté au jour; j'ai conquis ma dignité d'homme, — avant de rentrer dans l'abîme.

Sans l'orgueil, par lequel l'homme se considère comme un point central en l'Infini, « dont le centre est partout et la circonférence nulle part », comment, impuissant et débile, oserait-il quelque chose, et l'Univers ne l'écraserait-il pas de sa formidable immensité ?

Malgré le néant, où doit retomber ta personne humaine, malgré les cruautés, l'ironie de la vie, puisque de tous les êtres, par un mystère étrange, tu es le seul qui ait conçu l'idée de la vertu, l'idée du beau, et que ces idées te font grand et noble, garde précieusement cette noblesse qui *t'oblige*. Sors donc de l'animalité, sois vraiment *homme*,

c'est-à-dire un être nouveau, qui s'est trouvé devant
le Destin formidable et n'a pas tremblé devant
l'Infini, et est resté debout devant la Mort et l'a
bravée, devant le Mal et l'a combattu, devant la
laideur et l'a méprisée, et qui du Néant s'est
délivré, comme *Dieu*, par la sublime gloire de ses
rêves.

Il est plusieurs modes de délivrance : par le
poison, le couteau, le vin, — modes vulgaires et
trop faciles. Il en est d'autres : par le rêve, l'amour,
la vertu, l'héroïsme, le sacrifice.

Sois bon toujours, sois aimant. Puisque la vie
est un combat, et que l'odieuse loi du plus fort
est la loi de l'univers entier, aie compassion des
faibles, des petits qui succombent, recueille les
blessés, adoucis les souffrances, console les misères,
aime comme le Bouddha ou Jésus. Et sois poète
aussi, crée de glorieux mensonges. Parle du bien,
proclame la splendeur du beau : — n'évite certaines fois que de parler du vrai.

Vis de toutes tes forces, souffre et pleure, saigne s'il le faut, mais *vis* et sois grand, et que pendant un instant, — oh! que ce soit ton orgueil! — par la magie du rêve ou les ardeurs de tes passions, le néant de ton âme puisse être, comme le Néant universel, sublime, magnifique et *divin*!

Nous sommes ici-bas pour nous donner une heure l'illusion de l'éternité, pour faire infinis nos désirs et nos rêves, malgré l'étroite limite où cette vie nous enferme, pour que la Nature prenne conscience en nos âmes de sa grandeur, de sa misère aussi, de sa réalité qui toujours se revêt de formes nouvelles et fugitives, si bien qu'éternelle elle meurt sans cesse, et que mourant sans cesse, elle reste éternelle.

Ce monde te fait horreur ou t'ennuie : crée-toi ton monde.

En Orient [1]

L'ivresse de Djelal-ed-Din.

Le cœur du soleil palpite, palpite embrasé de désirs.

La mer, la large mer palpite, comme un cœur gonflé de désirs.

1. Sous le ciel d'Orient rayonnante est la vision du monde, non plus sombre comme elle nous apparaît trop souvent sous le ciel du Nord.

Cet *intermezzo*, c'est l'ivresse du poëte qui en Orient, ébloui par l'ardente lumière et la splendeur des choses, partage le panthéisme des mystiques persans ou *Soufis*, s'élève avec eux à l'amour extatique, à l'amour divin le plus brûlant que puisse atteindre l'âme humaine.

Mais de telles cimes rayonnantes, de telles illuminations, de telles joies, le doute un jour le fait retomber à la sagesse désenchantée, que traduisent les paroles d'Al-Ghazali.

Et cet *intermezzo*, attribué par l'auteur à Djelal-ed-Din et à ce dernier philosophe, ne semble que plus splendidement et peut-être plus douloureusement encore, exprimer la *gloire du néant*.

Et mon cœur, débordant de désirs palpite, se lamente et pleure[1].

Le soleil est ton âme, les rayons du soleil sont les feux de ton âme, ô Amour, Amour éternel ;

Les astres d'or sont tes pensées, la poussière d'or de tes pensées, ô Amour, Amour éternel ;

Le vent d'été est ton haleine, le souffle brûlant de tes lèvres, ô Amour, Amour éternel ;

Les fleurs aimantes sont tes soupirs, sont tes regards et tes baisers, ô Amour, Amour éternel ;

Et la femme est la fleur suprême, le plus ardent de tes baisers, Amour, ô Amour éternel !

Les âmes tournoient deux par deux, sont prises de vertige et tombent dans le tourbillon de l'amour.

Les mondes roulent emportés dans le tourbillon de l'amour.

Les flots se dressent éperdus, rugissant d'amour vers la lune.

1. L'auteur a tenté, en quelques-uns de ces petits poèmes, d'imiter ou rappeler la musique, le rythme des *ghazels* persans.

Dans le désert, les grands lions hurlent d'amour vers les lionnes.

Amour, orage tout puissant, tu fais à tous sentir ta force : saisis-moi, embrasse-moi, tue-moi, oh ! foudroie-moi de tes éclairs !

Amour, vin étrange ! ceux que tu désaltères ont toujours plus soif après qu'ils ont bu.

Les roses, impatientes d'aimer, les roses déchirent leurs robes vertes, ouvrent leurs jeunes seins et les tendent vers les lèvres d'or du soleil.

Les roses, les lys pâles, les violettes se meurent consumés d'amour.

O Djelal-ed-Din, l'amour tue : tout ce qui veut aimer doit mourir. L'amour brûle, l'amour flétrit : le premier baiser de l'amour est le premier aussi que te donne la Mort.

La mer se dresse vers les cieux. Les forêts montent vers les cieux. Les âmes s'élancent vers les cieux.

Allah! Allah! que cherchent-elles?

Vois comme peu à peu, ô Djelal-ed-Din, tu es monté dans la lumière. Tu n'étais d'abord qu'un atome misérable de semence humaine. Des milliers d'éléments subtils se sont réunis pour former ton corps. Tu t'agitais dans les ténèbres : aujourd'hui tes yeux s'ouvrent à l'ardente clarté du soleil ; tu vois le ciel et la terre ; tu aimes et tu souffres, et tu sens, commme Allah, les passions s'agiter en toi. Dans ton cerveau les pensées flottent, comme les astres dans la nuit. Tu es initié au secret du monde. Les ailes immenses de ton âme, comme les ailes du Simourgh, parcourent sans effort le temps et l'espace : et il semble parfois que ton rêve étouffe en cet univers sans limites : ô miracle! tu n'étais pourtant qu'un atome misérable de semence humaine.

Pourquoi trembles-tu devant la beauté d'un visage ? Pourquoi pâlis-tu au son d'une voix ? Pourquoi es-tu pris de vertige en contemplant des yeux de femme ? Pourquoi te sens-tu mourir en baisant des lèvres mortelles ? Les splendeurs de la beauté humaine récèlent donc d'effrayants mystères. ?

Au milieu du désert, je sais une eau bleue : ce sont tes regards, mon amour. Mes désirs sont les flamants roses qui s'y viennent désaltérer.

Les astres brûlent dans la nuit pour les rencontres des amants. Les fleurs se meurent dans la nuit pour le tête-à-tête des amants. La rose exhale ses parfums pour baigner l'extase des amants. Pour laisser parler les amants, la terre se tait dans la nuit.

Soleil, âme ardente, tu bois les fleuves, les lacs, la rosée de la nuit, le sang de la terre, les esprits des fleurs ; tu bois notre vie, notre souffle.

11

O Soleil ! tu as donc en toi l'insatiable désir des amants.

Aime, brûle, soupire, meurs de passion ; sois comme le ciel d'été, au cœur rempli de feu, aux yeux remplis de larmes.

Et, une nuit, Allah dit à l'âme de Djelal-ed-Din : J'ai eu bien des naissances. J'ai eu de profonds rêves, qui vous seront toujours ignorés. Que savez-vous de mes trésors, de mes mosquées, de mes palais ? Vous êtes la goutte d'eau : que connaissez-vous des océans de ma Pensée ? Vous êtes l'atome : mais la poussière sait-elle les secrets du soleil ? La plante qui croît dans le désert, que connaît-elle, que peut-elle dire de l'immensité du désert ? Vous êtes pareils à des fourmis qui ramperaient aux pieds d'un roi. Ont-elles l'idée de sa puissance, de ses royaumes, de ses armées ? Ont-elles l'idée de sa beauté, de sa grandeur, de son amour, et des rêves qui se déroulent dans l'infini de sa pensée ?

Je suis en tout, je suis partout : je suis la splendeur du soleil, je suis la clarté de la lune. Je suis la chaleur qui vous baigne, et je suis l'air qui vous fait vivre. Je suis la rosée pâle qui tombe des étoiles et pénètre dans le cœur des plantes. Je suis le rayon de la nuit qui coule aux profondeurs du sol et s'y cristallise en diamants. Je suis partout, je suis en tout : je suis le parfum dans la fleur, et suis la bonté dans vos âmes; je suis le rythme dans vos poèmes; je suis l'harmonie dans les mondes. O Djelal-ed-Din, tu le sais, je suis la vie dans tous les êtres.

C'est moi qui fais naître et c'est moi qui tue. C'est moi qui dors et moi qui veille. Je suis la terre, l'eau et le feu, et le visible et l'invisible; je suis l'esprit, je suis l'amour, je suis la mort : que craignez-vous? Quand je vous tue, n'est-ce pas en moi, en mon âme que vous tombez?

O Djelal-ed-Din, je n'ai créé le monde que pour m'en donner l'illusion. Ton Ame est une étincelle de mon Ame, ta pensée est née de ma Pensée. Crée donc aussi, Djelal-ed-Din, crée et rêve, comme j'ai rêvé...

Les mondes et les âmes flottent dans ton sein. Déroule les poèmes qui dorment enveloppés dans le silence de tes rêves. Je t'ai donné la puissance créatrice, et le rythme, cette magie à laquelle j'ai soumis les cieux. Crée et chante; aime sans fin, je viens me souvenir en toi...

O miroir de mes passions, miroir trouble de mes tourments, je viens me refléter en toi !

La sagesse d'Al-Ghazali[1].

Quelle réalité donner à ce monde, dont la vie n'est qu'une suite de phénomènes, d'apparences, de visions chassant des visions?

1. Il y eut un philosophe de ce nom, qui, né en 450 de l'hégire et mort en 522, professa à Bagdad et adopta longtemps la doctrine des soufis, ou des panthéistes musulmans.

Sur le damier de l'existence le Ciel se joue avec les êtres : et, la partie achevée, il les replace dans la sombre boîte du néant.

Pour le sage, les réalités de la vie finissent par apparaître comme des visions dont il a peine à saisir le sens.

Matière, d'où vient ta beauté ? Qui a fait germer aux profondeurs du sol les fleurs mystérieuses des diamants, des rubis rouges, des bleues turquoises ? Par quelle magie de la boue fangeuse la rose compose-t-elle la pourpre de ses lèvres !

Qui peut, ô Allah, dévoiler tes secrets ? — Dans Adam dormait Judas près de Jésus, Nemrod et Abraham, le Pharaon et Moïse. La même terre nourrit la rose et près d'elle la plante vénéneuse.

Le sucre que le papillon vient boire sur la bouche des fleurs et le poison du serpent naja étaient unis d'abord dans la même goutte d'eau.

Quand tout désir sera-t-il éteint dans ton cœur? Quand laisseras-tu dormir au fond de ta Substance tous ces éléments subtils, dont la réunion a produit les êtres?

J'ai vu sur le sein de la Mort les têtes des Dieux anciens suspendues comme un collier de perles. J'ai vu les métamorphoses du Néant. Je sais que tout doit périr, le ciel, cette mosquée aux coupoles semées d'émail bleu, et le soleil, ce pieux dervisch, qui tourne dans une perpétuelle extase. Je sais que ce monde est folie, et qu'il est sans réalité : pourquoi s'étonner alors que mon cœur soit dans la tristesse?

Le monde, cette folie, nous a bien trompés : mais nous avons vu passer des formes, de beaux fantômes devant nos yeux, et nous avons fait des rêves en les contemplant.

Chaque atome de l'univers contient le secret du soleil; chaque atome de l'univers garde le secret de l'univers.

Ta Pensée, cherchant à se connaître, a créé l'univers; et, reflétée en ce miroir profond, n'a-t-elle pas tremblé de s'y voir?

La vérité est comme une mer, sans limite et terrible. Contente-toi de quelques gouttes d'eau venant d'elle, pour apaiser ta soif, et pour fertiliser le coin de terre où tu vis. Méfie-toi des rêves qui attirent, parfois égarent vers d'effrayants abîmes de vertige et de mort.

Laisse plutôt te guider ton cœur, qui soupire et qui dit : « Aime d'abord, et aime ensuite; aime pour être aimé, aime encore, sans être aimé. »

Tu as cherché le secret du monde dans la nature,

l'école et la mosquée ; tu l'as cherché de ville en ville ; tu l'as demandé aux sages ; tu t'en es retourné sans réponse, triste, vieilli, fatigué.

Contente-toi, pour la fin de tes jours, des quelques certitudes qui te sont fournies par la science humaine, de parcelles de vérité, toutes appliquées au bien des hommes.

La forêt brahmanique.

O Infini, que nul ne peut comprendre, dit une prière indienne !... Ces étoiles, ces soleils, ces mondes, poussière lumineuse, où, poussière lumineuse aussi par le miracle de la conscience qui nous est un moment donnée, nous pensons, rêvons, jouissons et souffrons, toutes ces formes, toutes ces âmes, ô Infini, sont donc tes pensées ou tes rêves.

Et vainement pour te comprendre j'interroge ces vivants hiéroglyphes qui m'entourent, rochers, arbres, fleurs pareilles à des yeux, animaux sans paroles, muets symboles, gardant si bien ton secret et le leur ! Pensée mystérieuse et sans bornes, que de rêves splendides ou hideux roulent confusément en toi ! En toi, comment tant de grandeurs et de misères, tant de laideurs et de beautés rassemblées ?

Comment pêle-mêle Abel et Caïn, Cléopâtre et le lépreux immonde? Tu crées le monde délicieux, féerique, enfantin, de la fleur, du papillon, de l'insecte, ou de l'oiseau-mouche; et tu crées l'hippopotame énorme, la pieuvre terrifiante et gluante, le peuple monstrueux, qui nage ou rampe sous les eaux.

Tu fais naître à la fois le nègre bestial et sanglant, mangeur de chair humaine, et la vierge adorable et pure, grand lys blanc, doux lys sans tache, honoré des chrétiens comme la mère d'un Dieu! Tu fais surgir Timour-leng, amoncelant les têtes coupées et en dressant des pyramides, régals des oiseaux de proie, délices des vers et des mouches; et tu fais apparaître le Bouddha et Jésus!

Adoration à toi, Pensée imcompréhensible, infinie, Pensée formidable, dont seule la religion hindoue, comme un miroir brisé reproduit le soleil, m'a fait entrevoir quelques gigantesques images, et la multiplicité de tes formes, et celle de tes variations, trop contradictoires pour l'étroite intelligence humaine!

L'âme aryenne.

On peut comprendre que cette nature indienne si riche, si féconde, par endroits si pullulante et

si folle, où si rapidement se succèdent les jeux de
la vie et de la mort, venant se refléter en l'imagination des Aryas, l'ait toute remplie de prodigieuses
images, de monstrueuses visions ; et que l'univers
un jour soit apparu à l'Hindou comme un rêve,
comme un délire divin, dont l'homme un moment
prend conscience, avant de rentrer dans l'Être, d'où
surgissent toutes ces créations transitoires.

Comment, déjà si panthéiste, le génie aryen
eût-il résisté à la fascination de ce nouveau monde ?
Nulle race n'a ressenti davantage ni gardé plus
longtemps le frisson, l'émotion première d'épouvante ou d'extase, que communiquent à quelques
âmes, mais plus rarement aujourd'hui, le spectacle
incompréhensible et la troublante magie des choses.
Seuls parfois les grands génies de la Renaissance
anglaise rappelleront ces étonnants visionnaires.
Tout, en effet, pour ces imaginations hindoues,
si facilement délirantes, s'animera d'une vie intense
et fantastique. La réalité du monde, si incertaine
et fugitive, de plus en plus pour elles prendra
l'aspect d'un songe ; et ce vague et flottant univers leur semblera doi   le rêve d'un Dieu, reflété
par le rêve de l'homme.

Ils n'auront pas la science, leur génie étant syn-
thétique, intuitif surtout. Esprits métaphysiques,

ils ne sauront se complaire que dans l'infini de l'espace et de la durée, où ils accumuleront, comme
pour le remplir, d'incalculables générations divines.
Quand ils ne se perdront pas en Dieu, comme
dans un océan de lumière, ils se perdront avec délices dans l'idée de la mort et la sensation du néant.
Ces panthéistes pourront devenir nihilistes : l'impossible sera pour eux de s'arrêter, ainsi que nos
générations modernes, dans le positivisme et
l'étroite réalité du présent.

Toujours ils porteront en eux l'anxiété de cet
Infini, garderont le vertige de cet Abîme obscur,
qui est le vrai fond des choses, qui en soutient la
surface, océan des causes éternelles, sur lequel les
formes éphémères, de confuse et vaine apparence,
roulent, s'élèvent tour à tour, un instant se rencon-
trent, se mêlent ou se choquent, puis s'évanouissent
et s'effacent, ainsi que la figure des vagues et leur
écume blanche sur la mer. Ils auront pendant des
siècles la joie et la gloire de s'enivrer de Dieu,
et ces idéalistes regarderont la prière, la contempla-
tion ou le rêve comme le but supérieur, l'unique fin
de la vie. Ils ne connaîtront jamais et n'auraient
pas compris ce dogme tout moderne et inconnu de
l'antiquité, du travail nécessaire, visiblement utile
et productif.

La lutte pour l'existence n'avait pas alors cette
âpreté, cette fureur qui semble augmenter chaque
jour, et qui pourrait même contrarier le songe fait
par quelques esprits d'une sorte de paradis terrestre
et matériel où seraient conviés tous les hommes.

Il y aura eu dans l'Inde pour l'humanité plus
jeune, comme à d'autres époques dans la Grèce ou
dans la Judée, des heures magnifiques de foi, d'enthousiasme et d'orgueil, qui peut-être ne se retrou-
veront plus, et qu'il nous est permis de regretter
et d'envier parfois. Le panthéisme aura enivré les
Hindous, et de cette ivresse que communiquent
seules les idées : oui, toutes les joies que nous
pourraient donner les plus belles conquêtes matérielles, ou celles même de la vérité scientifique,
seront misérables toujours, comparées aux joies
de ces âmes, qui, par la conscience de leur identité
avec Dieu, s'identifiaient à l'Infini et entraient vivantes dans l'Éternité.

Parmi les influences dont pesa sur eux la Nature,
il y eut celle encore du climat. Les rayons du soleil
indien tombant droit sur de pareils cerveaux les
chaufferont, les enflammeront souvent jusqu'à l'hal-
lucination et au délire, ou d'autres fois la lourde chaleur tropicale accablera ces âmes jusqu'à l'anéantisse-
ment, et plus d'une volontiers goûtera la mort, le *nir-*

vâna, dans un abîme de lumière. De là par moments
cette exaltation, cette passion, ces extases, quand
éperdues elles nagent dans la clarté divine, et à d'autres moments, ces dépressions, ces fatigues, ces
satiétés, cette soif du néant, cet évanouissement de
la conscience perçu comme un sensation délicieuse.

L'ascétisme.

Nous ne comprenons plus aujourd'hui ce qu'il
y eut de nécessaire et de grand dans l'ascétisme.
Mais que l'on se rappelle les impudicités qui partout s'étalaient, à de certaines époques et en certains
pays : or l'âme, un jour, s'éveilla dans la brute humaine et, prise de stupeur et de dégoût, voulut soumettre et dompter cette chair qui l'avait humiliée,
salie, entraînée si bas avec elle. Parmi ces déborde-
ments de luxures, il fut donc bien que dans l'Inde,
ou ailleurs, l'ascétisme se dressât comme une cita-
delle de diamant, un refuge pour l'esprit et l'âme.
L'idéalisme fut l'honneur de l'Inde, et, dans le flot
montant des bestialités, fut une digue qui leur résista.

Les *yoghis* donnèrent peut-être les premiers au
monde le spectacle de la pureté, de la sainteté
absolues. Les expériences de ces *yoghis*, démon-

trant à leur manière que l'âme, que la volonté
sont d'incalculables puissances, eurent alors et ont
toujours leur prix.

Le temps n'est plus de ces révoltes contre les
exigences de la chair, ni de ces éducations robustes du caractère et de la volonté. Mais quand on
sait ce qui reste en nous de la bête primitive,
apprivoisée seulement par les religions et les lois,
quand on sait comme elle peut, à l'occasion, être
basse, immonde, stupide et féroce, l'on est tenté
d'admirer la folie de ces idéalistes, dont l'esprit
remporta de telles victoires sur la nature, et la
volonté sur l'instinct.

L'idéalisme hindou devait forcément aboutir à
la doctrine de la Maya, à la fois si subtile et
profonde. Tout fuit, tout nous leurre ; rien ne
dure ; une perpétuelle illusion nous égare : illusion, cette vie terrestre, étincelle jaillissant de la
nuit pour sitôt s'éteindre en la nuit ; illusion, ce
brûlant désir, qui une heure trouble nos âmes,
met aux lèvres jointes des amants l'échange des
serments *éternels* ; illusions, nos passions, nos
ambitions, nos croyances ; et cependant illusions

nécessaires, puisque le monde n'existerait pas sans elles, et que c'est bien la décevante Maya, ainsi que les Hindous l'ont su voir, qui perpétuellement crée etrecrée l'univers, en tisse la trame et la renouvelle, est au fond de toute tragédie ou de toute comédie humaines !

Mais dans ce monde toujours, œuvre de la Maya, les hommes dont les désirs, la cupidité, l'envie ou l'erreur troublent l'intelligence, roulent à travers les différents états, avec la pensée que ces états sont réels. »

Les Pouranas.

C'est dans le *Pouranas* que l'hindouisme ou le néo-brahmanisme apparaît triomphant avec ses Dieux monstrueux et sans nombre, parfois ses orgies sinistres ou ses sensualités mystiques. Il s'épanouit à la même époque dans l'architecture religieuse, grandiose et folle, dans le délire surtout du style dravidien, dont la pyramide, étincelante sous la lumière, se hérisse parmi la végétation tropicale d'un fourmillement de formes animales, humaines ou divines, mêlées, enlacées, confondues, pullulant de la base au sommet.

Ils se montrent ici dans leur plein triomphe,
les Dieux que l'influence de la caste populaire des
soudras méprisés, finit par imposer au vieux panthéisme hindou, ces Dieux énormes, à plusieurs
têtes, regardant tous les points de l'espace, ces
Dieux aux jambes, aux bras multiples, qu'ils projettent de toutes parts, comme des polypes géants :
Siva le rouge, dans son immobilité et sa terrible
rêverie d'ascète, ou, un collier de crânes au cou,
assis calme sur des cadavres ; et le bleu Krishna, dansant sur les têtes du serpent, ou lascif, efféminé, folâ-
trant parmi les bergères ; et Ganesa à la face d'élé-
phant ; et Hanoumat à la face de singe, et toute la
troupe, aimable ou terrifiante, des divinités femelles.

Le vieux brahmanisme est à jamais vaincu,
comme une aristocratie submergée par la plèbe,
et dans ce néo-brahmanisme se reconnaît donc
l'invasion, la poussée des *soudras*, des castes, des
races inférieures.

Certaines décadences n'en ont pas moins leur
splendeur de soleils couchants ; et de telles lueurs
illuminent les *Pouranas*. Sortes de villes saintes
où vécut l'âme d'un peuple, leur création fut
lente et anonyme, comme celle de toute grande
cité ; ceux qui les édifièrent furent de pieux dé-
vots, des rêveurs, des saints obscurs, dédaigneux

de leur personnalité, de leur nom, et ne pensant qu'à la glorification de leur Dieu.

Aussi le défaut de ces livres, leur inégalité, est-il à nos yeux un de leurs mérites peut-être ; en effet, ce n'est pas ici une œuvre d'artistes, c'est la ville de Dieu ouverte à toutes les pensées et à toutes les âmes, aux plus humbles comme aux plus hautes.

Les *Pouranas* furent les derniers poèmes religieux de la littérature hindoue : elle s'éteignit après eux ; ses clartés dernières, elle les jeta dans ce long et glorieux crépuscule. Puis l'ombre et la nuit s'étendirent.

Quelques esprits ont accusé de l'état de mort où nous voyons aujourd'hui la pensée et l'âme de cette race hindoue, son antique foi panthéiste. Bien que sans doute il faille compter les doctrines religieuses et philosophiques parmi les éléments de la force ou de la faiblesse, de la grandeur ou de la décadence d'un peuple, ce ne fut pas le panthéisme ni même le nihilisme des Hindous, qui furent les vraies causes de leur décadence. D'autres influences, et que nous ne pouvons chercher ni étudier ici, l'ancienneté de la race, le climat, la poussée des races inférieures par exemple, ont contribué à la produire. Ce qu'on peut dire

12

aussi, c'est que toute aristocratie est tôt ou tard altérée par son milieu, qui est la plèbe, et lentement pénétrée, corrompue, vaincue par elle ; c'est que les religions, les races ou les classes, toutes, ont leur vieillesse, leur mort nécessaires ; c'est que la loi de l'évolution, si décevante et meurtrière, loi d'ironie et de néant, fatalement pousse à l'usure, à la destruction, à la mort, les races les plus glorieuses comme les plus beaux et les plus nobles des êtres ; c'est enfin que religions ou philosophies, mœurs, institutions, coutumes, tout n'est que relatif ou fugitif ; c'est que toutes les civilisations ont péri, que toutes périront, et, qu'aucun peuple, comme aucun homme, ne peut arrêter sa vie à ce point où il aurait su atteindre la grandeur, la puissance et la félicité suprêmes.

La religion en certaines des *Upanishads*, apparaît comme la méditation d'une âme, qui, libre en face de l'infini, cherche, par sa vertu propre, à s'affranchir de l'illusion du monde, et à entrer en communication directe avec le divin. La religion, le culte, la morale, tout semble se résumer dans la connaissance de *Brahma*, c'est-à-dire dans la conscience de l'identité de l'âme humaine et de l'âme des choses. Mais cette foi transcendante n'est-elle pas celle même du grand Spinosa ? Se reconnaître identique au Tout, éternel dans l'éternité du Tout, sortir de son égoïsme, de l'étroitesse du *moi*, pour rentrer, par la sympathie et l'amour, dans l'existence pleine et sans bornes, dans le large et profond Océan de la vie, cette religion des *Upanishads* n'est-elle pas la religion suprême, impliquant la morale suprême, et ne pourrait-elle pas quelque jour, par son accord avec la science, devenir la foi de bien des âmes ?

Le Bouddhisme.

Nulle religion ne fut plus haute. Ce fut pour la première fois dans le monde la religion de la pitié, de cette pitié dont ne veulent plus certains penseurs allemands, et qui fut et qui reste nécessaire cependant à la souffrance du monde. Là encore éclate la haute noblesse de l'âme aryenne. Que l'on songe aux races qui entouraient, menaçaient, en ce sombre passé, les Hindous, et les Iraniens comme eux, quelques-unes de ces races monstrueuses d'animalité féroce, toutes n'obéissant du reste qu'aux instincts de l'homme *naturel*, races noires ou jaunes, et qui dans l'Inde, victorieuses un jour par le nombre, imposeront, feront triompher Siva. Le Bouddha, le premier ou l'un des premiers, rêva et créa l'homme *surhumain*, surhumain par son amour, par l'universalité de son amour, par son esprit de sacrifice, par sa lutte héroïque contre la Vie reconnue mauvaise. Le Bouddhisme fut la première grande révolte, et le premier grand triomphe de l'âme aryenne contre la Nature, je veux dire contre les bas instincts naturels, contre la bête en nous, contre le désordre, l'injustice, la souffrance, le mal universels, révolte, triomphe que si magnifiquement de nos jours continuent la science et la volonté de quelques hommes. Ce sont là des victoires, des gloires de la race aryenne; les religions sémitiques, tout optimistes et fatalistes, où l'homme, comme le Job de la Bible, se tait, se prosterne, s'anéantit devant la toute-puissance et l'arbitraire superbe du Sultan ou du Roi des cieux, n'ont jamais admis cette résistance de l'homme à l'*ordre* ou au désordre des choses. Il n'y a eu de philosophie, c'est-à-dire de pensée libre, que chez les Aryas; il n'y eut, ailleurs, que des théologies dogmatiques. Si bien des Sémites s'assimilent à merveille aujourd'hui la pensée et la science modernes, les Arabes, représentants plus obstinés du génie de leur race, ne leur sont-ils pas absolument réfractaires ?

A la race hindoue, si délicate et tendre, le Bouddha prêcha le renoncement et la charité, et il eut d'elle des miracles de renoncement et de charité. Comme le Christ, il exigea de l'homme des vertus surhumaines, un héroïsme continu qui semble inaccessible à des sociétés d'une moralité aussi incertaine et vulgaire que l'est aujourd'hui la nôtre, et, comme le Christ, il fit par milliers surgir des héros et des saints. Il avait compris que plus on demande aux hommes, plus on obtient d'eux. En effet, plus un idéal est élevé, plus il faut d'efforts pour le pouvoir atteindre; et ces efforts ne sont jamais perdus. Folle ou divine fut la sérénité, l'impassibilité devant les douleurs et la mort, que montrèrent souvent ses disciples.

Le bouddhisme, par quelques-uns au moins de ses traits primitifs, tend à devenir la foi consciente ou inconsciente de quelques âmes modernes. Plus d'une, en effet, affectées du même pessimine, s'étant désintéressées du mystère de la cause première, après de longues et inutiles tentatives pour le pénétrer, n'osant plus s'attacher aux problèmes

métaphysiques, sans notion précise d'un Dieu personnel, athées ou du moins agnostiques, se sont
créé leur foi cependant. Or, la religion de ces âmes,
pessimiste et sans Dieu, toute de résignation, de
pitié, de justice, cette religion qui accepte la vie
telle qu'elle apparaît, vaine, au fond, trop souvent
douloureuse, pour beaucoup si atrocement cruelle,
cette religion n'attendant du devoir accompli
d'autre récompense que la joie, la sérénité venant
de lui, cette religion qui, partie de l'idée du néant,
nous fait purs et nous communique la douceur ou
l'ivresse d'un amour infini pendant ce court passage entre deux ténèbres, n'est-ce pas celle même
du Bouddha, plus ou moins transformée par la
pensée moderne ?

Le nihilisme a donc reçu du bouddhisme sa première formule philosophique, sa première et jusqu'ici son unique formule religieuse. Le bouddhisme indien aura démontré que du pessimisme
et du nihilisme même peut sortir la morale la plus
haute, et que la morale peut être indépendante de
toute croyance à un premier Principe. Et nous
pensons que le pessimisme contemporain doit
aboutir aussi à de magnifiques mouvements de
charité, malgré les égarements et les crimes où,
d'autre part, lui et le nihilisme entraîneront sans

doute bien des êtres, trompés par cette ignorance
dont parlait le Bouddha et qu'il était venu combattre.

Des religions du passé, la religion bouddhique
est celle qui semble en réalité le moins en antago-
nisme avec la science actuelle. Sur l'éternité de la
Substance et de la Force, sur le mouvement universel qui emporte, crée et détruit toutes choses,
sur la grande loi de correspondance entre la cause
et l'effet, qui est la loi même de l'évolution, sur
la parenté de tous les êtres, sur la solidarité qui
unit tous les vivants entre eux, et toutes les générations entre elles, le bouddhisme, après le brahmanisme, professe des doctrines à peu près identiques
à celles de la science. Il est d'accord avec le pessimisme scientifique de Darwin. Mais le pessimisme,
loin d'être un motif de découragement pour les
hommes de bonne volonté, ne peut et ne doit
qu'exciter en eux une profonde pitié de toutes les
misères et un grand effort pour les diminuer. Le
bouddhisme rêve en effet le ciel sur la terre, c'est-
à-dire la réalisation en cette vie d'un royaume
idéal d'amour et de justice.

Ce qui fait l'originalité de cette religion, c'est
qu'elle sauve ou tend à sauver l'homme par les

seules énergies de son âme nouvelle, de son âme transfigurée. Et les Grecs auront cette même confiance en elle et ce même orgueil.

Le bouddhisme n'impose pas la foi ; il demande à ses fidèles de n'admettre aucune proposition sans l'agrément complet de l'intelligence.

Cette religion aussi est toute en esprit et en vérité ; elle ne tient compte ni de l'être extérieur, ni du fait apparent ; elle ne considère que la volonté, l'intention au fond des actes.

La pensée pure, la parole pure, l'acte pur, telle est en peu de mots la morale du Bouddha, et la meilleure prière est à ses yeux la vertu, la pratique de la justice, l'amour de toutes les créatures.

L'âme humaine s'est élevée, en la personne du Bouddha, à un état de conscience que depuis elle n'a pas dépassé, que sans doute elle ne dépassera jamais.

Le Bouddha a vu le néant des choses, et cette universelle souffrance, que seule une immense charité peut amoindrir ou consoler.

Le Bouddha, plus de deux mille ans avant Kant, avant la désespérance moderne où nous a jetés la ruine de tous les systèmes théologiques ou métaphysiques, avait compris déjà la vanité de tous

ces systèmes, et le mensonge de tout, hors de ces
réalités tragiques, et qui pour nous subsisteront
à jamais : la mort, la souffrance, le mal, et hors
de cette pitié aussi, de cette chose étrange et sublime, que font naître pour leurs victimes le mal,
la souffrance, la mort.

Il semble donc qu'il ait créé la religion éternelle
et universelle, celle que nulle découverte scientifique ne saurait contredire, la foi qui, ne reposant
pas sur la nécessité d'une révélation surnaturelle
ni d'un Dieu personnel et juste, pour faire de la
justice et de la charité la loi obligatoire de ce
monde, peut de la sorte rallier à elle tous les
hommes de cœur et de bonne volonté.

Devant une figure aussi sainte, aussi haute, ne
se sent-on pas, comme devant celle de Jésus, saisi
d'adoration et de respect, et près de comprendre que
des générations sans nombre se soient passionnément attachées à elle, comme à un idéal sans tache,
peut-être à l'une des manifestations les plus mystérieuses et les plus pures de cette âme ou de cette
Force obscure, invisible, inconnaissable, à qui
l'humanité réclame en vain depuis des siècles la
même pitié ou la même justice¹?

1. Pour moi le Bouddhisme est aryen, mais bien entendu

❧

La science a donc confirmé certaines des intuitions sublimes de la philosophie et de la religion des Hindous. Le monisme et le pessimisme actuels ne font que reproduire dans une langue plus précise, justement exigée par l'esprit moderne, quelques-uns des plus anciens *sutras* du brahmanisme ou du bouddhisme. Comme ces prodigieux penseurs des bords du Gange et des forêts indiennes, qui ont rêvé le poème magnifique du panthéisme hindou, dans tous les phénomènes nous entrevoyons les modalités d'une même Force et d'une même Substance; par l'anatomie, l'histologie, la physiologie, la psychologie comparées, nous rétablissons cette vérité, repoussée par le judaïsme et le christianisme judaïque, d'une étroite parenté unissant tous les êtres; et ainsi nous retrouvons l'homme, ses organes, sa sensibilité, ses passions dans la vie plus ou moins consciente de l'animal ou de la plante.

Mais en même temps quelques-uns d'entre nous,

je parle du Bouddhisme primitif. Tout fait penser que son fondateur fut arya, et du reste, quelle que fût son origine, il est évident que cette religion bouddhique primitive n'a été tout entière que le développement de certaines doctrines brahmaniques, aryennes par conséquent.

pessimistes autant qu'un brahmana bouddhiste,
reconnaissent que l'ordre des choses est régi par
des lois sans pitié, et que les conditions de la vie
sont et seront à jamais la destruction, le meurtre,
la douleur et la mort. La science déjà panthéiste,
sera-t-elle pessimiste aussi, nihiliste même? La
logique de l'esprit humain devra-t-elle aboutir
encore à quelque doctrine analogue à celle de
Bouddha? Nous ne le pouvons dire : mais ce que
nous pensons, c'est que la religion, ou les religions,
ou les philosophies de l'avenir auront, comme
celle des Hindous, le sens profond de l'Infini,
l'homme ayant conscience qu'il se meut et respire
en lui, vit en lui, ne vit que par lui, et qu'il n'est
vraiment grand et n'est éternel que par sa participation à la grandeur et à l'éternité du Tout. Ce
que nous pensons et espérons aussi, c'est qu'à
cet Infini, et même à l'horreur d'un infini néant,
l'homme, comme quelques-uns d'entre les Grecs,
saura opposer en l'avenir sa liberté, ses vertus,
sa force, sa fierté légitime, ne cessant de lutter
comme s'il devait vaincre, de vivre comme s'il
ne pouvait mourir. Et certains d'entre les meilleurs
des hommes aspireront à dégager de plus en plus
de ce sombre univers, comme des obscurités de
leur âme, des clartés et des joies, cherchant à ajou-

ter des illusions encore à ce que l'Illusion éternelle nous offre par instant d'enchantements et de rêves, de consolantes et endormantes douceurs. Or ne voit-on pas que cette foi future serait, comme le panthéisme stoïcien, la synthèse élargie des plus hautes conceptions de la race aryenne sur les rapports de l'univers et de l'homme?

Et ce nouveau panthéisme, fût-il pessimiste, et surtout s'il était pessimiste, pourrait réédifier la morale sur des bases plus larges et plus sûres.

Nous croyons que la théorie pessimiste, telle que la conçut le Bouddha, et dont Darwin a fait une notion scientifique, s'imposera un jour aux intelligences; et peut-être ne le craignons-nous pas. L'optimisme de nos philosophies officielles est l'un des legs funestes du xviiie siècle[1]. Le christianisme est absolument pessimiste dans son jugement de la vie terrestre : en cela, le christianisme a raison.

1. Nous devons à cet optimisme quelques-unes des erreurs de la Révolution française. L'erreur qui a tout compromis, et pour bien des années encore, a été la confiance optimiste des législateurs dans la raison de l'homme et la sagesse du plus grand nombre. Le darwinisme a fait justice de ces idées; et ses conclusions ne semblent nullement en accord avec les tendances de ceux qui voulurent fonder un jour, sans savoir nettement du reste ce qu'ils désiraient et disaient, la République scientifique.

et son unique espoir est sa foi en Dieu et l'assurance de notre immortalité.

Seul le panthéisme, selon nous, et quelle qu'en soit la solution dernière, fondera donc la morale sur d'inébranlables bases, parce qu'il l'appuiera sur la conscience désormais certaine que l'individu appartient d'abord à ce grand Tout qui est, selon le mot des Hindous, comme son *moi* infini, et qu'ainsi son intérêt ne se peut distinguer de l'intérêt général, sa volonté de la volonté générale. *Tu es cela, tat twam asi,* disaient les sages de l'Inde, voulant dire : « Tu es cet autre, à qui tu te donnes ; tu es cette patrie, à qui tu te sacrifies ; tu es cette race humaine, pour qui et en qui tu vis et meurs ; ou plutôt tu ne peux mourir, car c'est toi-même encore cette race, et cette Terre et ces Cieux, cette Substance à jamais vivante, passionnée, douloureuse, parfois si haute et transfigurée comme toi, ce Monde immortel enfin, où par la dissolution de ton individualité te fera bientôt rentrer la mort : *tu es cela*, oui, *tu es tout cela.* » La peur, selon une parole hindoue, n'existe pas dans le monde des Dieux. La peur n'existera plus dans le monde des hommes, quand le *moi* humain reconnaissant son identité avec le *moi* universel, saisira la profonde parole du Bhagavad-gita : « Les

Dieux, dit Krishna, ne pleurent pas les morts ;
car, toi et moi, nous ne pouvons mourir, car toi et
moi, nous ne cesserons pas d'être... »

Du jour où l'âme individuelle entre en cette
communion avec l'Âme, la Vie universelle, elle se
sent en effet devenir infinie, éternelle, et elle
jouit et souffre d'une façon divine, car elle est en
sympathie constante avec les joies comme avec les
douleurs du Monde. Une telle âme est celle des
héros. Le héros n'est-il pas celui qui à sa vie
étroite, égoïste et d'un jour, substitue la vie de sa
patrie ou de sa race, l'homme qui meurt à soi-
même pour renaître en tous, donne sa vie pour
la multiplier ? Et que veulent aussi l'artiste vrai
ou le vrai poëte, sinon communier par instants
avec la Nature immense, mêler son âme à leur
âme éphémère, par leur rêve égaler son rêve
et quelquefois le dépasser ?

Oui, le plus solide fondement de la morale sera
l'assurance que la vie individuelle n'a de grandeur et
de force que comme partie de la vie du Tout, et que
la vie étroitement égoïste n'est, selon l'expression
du Bouddha, qu'un état d'obscurité ou d'ignorance.

La mutuelle solidarité des êtres sera de jour en
jour mieux comprise et mieux enseignée. De jour
en jour la science et l'histoire montreront plus clai-

rement les liens infinis qui unissent l'homme à la nature entière, l'humanité présente à celle du passé et de l'avenir; et un devoir plus large répondra à cette conception de la vie.

Qu'on ne s'effraie donc pas de ce retour et du triomphe, définitif peut-être, du panthéisme aryen. Quelques âmes sans doute, qui ne seront pas les moins élevées ni les moins pures, trop cruellement meurtries par les maux d'ici-bas, par les duretés, les brutalités de l'existence, s'écarteront de la lutte, rechercheront la paix dans une sorte de doctrine bouddhique, dans la doctrine de la résignation, du renoncement, et goûteront une mort exquise, en s'éteignant, selon la parole orientale, dans le couvent du *non-être*. Déjà que d'âmes modernes inconsciemment sont bouddhiques par leur douceur, leur rêve, leur pitié, leur tendresse, et par leur indifférence aussi, involontaire sans doute, au problème de la cause première, qu'après tant d'efforts elles ont désespéré de résoudre.

D'autres âmes peut-être s'attacheront de préférence à cette idée de la Maya, qui fait de la vie un songe mystérieux, une illusion souvent splendide, plus souvent douloureuse et sombre, et celles-là, en participant au rêve des choses, par instants du moins, béniront l'illusion divine d'avoir su, tout en les trompant, les charmer, les éblouir parfois.

Mais beaucoup d'entre elles, en embrassant le panthéisme aryen, le transformeront en une religion héroïque, se rapprochant quelque peu de cet hylozoïsme, de ce panthéisme stoïcien, qui concilia la notion de l'Infini avec les aspirations de la liberté humaine.

Être ou n'être pas, telle est la question éternelle. L'Inde a préféré ne plus être, mais nos générations modernes veulent vivre de toutes les énergies, de toutes les puissances aujourd'hui en elles.

Ainsi, contrairement à ce matérialisme abject et dont la grossièreté ou la platitude sont encore trop souvent prisées de nos jours, nous espérons que l'une des religions de l'avenir, infinie comme l'immense Nature, et comme la religion de Spinosa, pourra être une foi héroïque, consolation et force de la future humanité.

Par bien des côtés cette religion ou cette philosophie ressemblera à ce panthéisme incertain, mais d'une sagesse pratique si certaine et si noble, qu'enseigna Marc-Aurèle à une époque d'inquiétude et de doute rappelant beaucoup l'heure présente. « Ou la Sagesse divine préside au monde, disent ses *Pensées*, et que crains-tu alors? ou tout va au hasard et tout vient du hasard : mais toi, du moins, toi seul n'agis point au hasard. » Et ce mot admirable : *toi, du moins, n'agis point au hasard*, ne pourrait-il suffire pour fonder à nouveau la justice et recréer l'ordre et la moralité dans un monde sans ordre, sans moralité, sans justice?

Aussi ne pensons-nous pas comme quelques pessimistes et, tout convaincu que nous fussions de la misère irrémédiable attachée à la vie, nous n'inviterions pas la conscience humaine au suicide. La vie, nous l'acceptons telle qu'elle nous apparaît, amère et douce, lumineuse et sombre, remplie de grandeur et de néant. Et tout cet Univers ne fût-il que néant, au moins serait-il glorieux encore pour la conscience humaine de rêver l'absolu du beau et du bien dans un Univers que ne régit pas l'idéal.

L'Inde ainsi pourrait quelque jour avoir sur la civilisation moderne une influence analogue à celle qu'au xv⁰ et au xvi⁰ siècles eut le monde merveilleux de la Grèce, soudainement découvert. Il se peut que de la rencontre, au bord du Gange, de l'esprit ancien et de l'esprit nouveau de la famille aryenne, sortent cette religion nouvelle, ou ces formes de religions futures que nous essayons d'entrevoir.

L'Illusion

Rien n'est simple, tout est complexe, oui, tout
est *étrange* ici-bas. Si l'on avait quelque profondeur dans l'analyse, on verrait que le moindre
atome, sortant de l'éternité et de l'infini, a dû
faire peut-être, pour arriver jusqu'à moi, dans ma
main qui écrit ou mon cerveau qui pense, un chemin plus long que d'ici au Soleil ou à la plus
reculée des étoiles. On ne voit guère que la surface
des choses et non l'abîme qui est sous elles, l'abîme
de causes et d'effets, de mouvements, de courants
sans fin, de flux et de reflux qui les ont fait un jour
monter à la surface.

A un moment, dans l'homme, la matière se fait
cerveau, — et elle se souvient alors de ses transmi-

grations du passé, et de ses voyages éternels ; et qu'elle a été plante, oiseau, bête au fond des forêts, vapeur ou atome au fond de l'infini.

Rêves sans doute, ces religions mortes. Mais ces rêves ont eu dans notre âme leurs réalités, et aussi vivantes qu'aucune de ces réalités objectives, qui, si vite évanouies dans le temps et l'espace, n'ont guère aux yeux du sage que l'apparence des songes.

La Science qui distinctement dans le passé voit la genèse du Soleil, voit sa mort aussi dans l'avenir ; et elle assiste aux révolutions du monde avec la tranquillité des Brahmes révant à la naissance et au couchant des Dieux.

Ce monde n'a de réalité que par la Pensée, divine ou humaine. Supposons-la disparue, les choses, plongées dans l'inconscient, seraient donc comme si elles n'étaient pas. La Pensée est le

Soleil, qui fait vivre, éclaire l'Infini, et lui permet de se contempler soi-même.

Cette Force qui a créé les mondes, les soutient, les porte, les emporte, est l'esprit qui s'agite en toi, et en toi aussi crée les rêves.

J'étais avant ma naissance, et j'étais avant la naissance des choses ; j'étais avec la Matière infinie, en elle errait chaque atome de mon corps ; et ma pensée flottait dans l'abîme de la Pensée *divine*, aspirant à la vie, a la liberté, à la *solitude*, comme ces êtres dans le fond de la mer et qui lentement tendent vers sa surface lumineuse.

La substance de ma chair est éternelle ; et ainsi mon sang serait consubstantiel au Sang de Dieu ; dans ma pensée planent des vérités éternelles : et ainsi ma pensée serait consubstantielle à la Pensée de Dieu.

Je pense, donc je suis consubstantiel à *Dieu*.

ayant cette gloire douloureuse de partager ses
rêves, ses passions, ses joies, — et aussi ses souffrances, et la conscience de sa misère peut-être, et
de l'éternité de ses ennuis.

Création, illusion splendide, pareille à ces
nuages d'or et de pourpre qu'illuminent un instant
les couchers de soleil, et qui si vite s'évanouissent
dans l'ombre, comme les générations dans la mort ;
création, illusion splendide, figures, apparitions
gigantesques, qui se déroulent une heure en la
Pensée divine !

A la mort, tu quittes tes *proches* pour rentrer
dans l'universelle Substance, au sein de la Mère
éternelle. Le nuage, à la fin de sa course errante,
rentre et meurt en son Océan.

Si une même et unique Substance est dans tout,
une seule Pensée, une seule et même Ame, alors

que peux-tu craindre? n'es-tu pas éternel en ce Tout et par lui? Et la mort te peut-elle séparer de *toi-même?*

Rien ne dure hormis la mort. La vie n'est qu'une étincelle, un éclair jaillissant de la nuit.

Mais si l'individu est comme une goutte d'eau misérable, sa vie prend quelque réalité, une apparence même de grandeur, par sa participation à la vie de l'espèce, à l'immense vie générale. L'humble goutte d'eau prend sa part des gloires de son Océan.

O délices de plonger en l'épaisseur d'une forêt comme un nageur dans la mer, de m'enfoncer aux profondeurs de ses vagues vertes, de ses mousses, de ses fougères, de ses broussailles, qui m'aveuglent et fouettent au visage, comme la mer fouette le nageur de sa folle écume! Puis un frisson sacré peu à peu me saisit, et un entretien s'engage, en ces vivantes cathédrales, entre mon âme et les mystérieuses et puissantes Forces naturelles : Lumière venant de l'infini, Terre maternelle qui me porte, Eau mobile et chantante, Eau tremblante, obscure ou claire, si pareille à mon âme. Et jusqu'à la nuit terrifiante, je reste seul et rêve en cette compagnie muette des Êtres primitifs, rochers chenus, vieux de milliers de siècles, arbres géants, dont les ancêtres sont nés longtemps aussi avant la race humaine, — et dont j'écoute le silence, parlant de soumission tranquille, de résignation à la Loi éternelle, qui les fait avec moi et comme moi apparaître un jour et mourir.

Rêverie d'automne.

C'était une journée du splendide automne, et devant moi se déroulait un large horizon lumineux un horizon de montagnes en l'un de ces jours féeriques, jours de surnaturelle beauté, où tout se transfigure, s'idéalise sous les clartés mourantes du soleil d'automne. Un cercle immense s'étendait, de cimes géantes, de vallées vertes, de vallées au loin perdues en des brumes d'argent, un cercle infini où la vie brillait d'un si rayonnant et si doux éclat. Et comme je redescendais vers la plaine, les feuilles tombées dans la forêt, transmuée en une miraculeuse forêt de pourpre et d'or, les feuilles craquaient, gémissaient sous mes pieds; et ces

gémissements me rappelèrent les morts, les morts
sans nombre, dont l'automne ramène le souvenir
et est la saison de fête, les millions et les millions
de morts, qui dorment sous la terre et d'où sortait
cette vie, en ce jour-là si heureuse et claire, et d'où
perpétuellement jaillissaient cette nature et cette
humanité en continuelle reviviscence, et moi-
même, — incompréhensible à moi-même, comme
ici-bas toutes choses, mais goûtant cette minute de
stupeur, de ravissement, d'extase, cette minute
sublime entre l'être et le néant, par une rayonnante journée du mourant et splendide automne.

J'étais devant une immense prairie, et songeais
qu'en chacun de ces brins d'herbe, de ces millions
de brins d'herbe, était le mystère de la vie. Et à
l'orée de cette prairie, une forêt bruissait dans le
vent; et je songeais à la vie débordante, continue,
qui en elle surgissait de la terre, je songeais à chacun de ses arbres, à la progression de leurs racines
dans le silence et la nuit du sol, à leur lutte sou-
terraine contre la roche ou d'autres racines rencon-
trées; et des racines, ma songerie montait aux
feuilles, aux douces feuilles frissonnantes; et je

voyais la perpétuelle ascension du sang pâle qui les
nourrit, et je pensais au rythme intérieur qui les a
distribuées sur la tige, au rythme aussi qui en a
formé le dessin et lentement les a tissées.

Puis j'imaginais sous ces arbres le monde pullulant et mystérieux des bêtes, celui des insectes qui
rampent ou qui volent, celui des patients vers ténébreux qui travaillent, luttent eux-mêmes sans
relâche. Je pensais que la vie est donc en tout, partout, et que ce qui me semble immobile et sans vie,
comme la roche muette, s'émeut aussi, perpétuellement répond aux incessantes vibrations des
forces ; et mon rêve entrant dans les eaux, dans les
mers, voyait le mouvement éternel des flots, et celui
des êtres qu'ils bercent ; et dans l'océan de l'air,
les oiseaux nageaient ; et dans l'océan de l'éther flot-
taient les soleils, les lunes, les étoiles.

Et une sorte de vertige me prit, comme celui qui
nous prend devant une masse d'eau en marche, une
cataracte qui tombe, un fleuve qui court, torrentiel et
puissant ; et je me dis : « Oh ! si tout cela du
moins était emporté dans la joie et d'immenses
clartés, comme en cette trombe lumineuse roulant
au foudroyant finale de la *Symphonie avec chœurs*;
mais où fuit-il ce tourbillon, tout le rêve des choses,
et pourquoi ces mouvements infinis, s'ils sont sans

but, sans autre but que d'être, puis de n'être plus? Et pourquoi la lutte universelle, l'universelle souffrance ? » — Et la vie cependant, à cette minute, était douce, et avec des rayons de soleil et avec des chansons du vent elle me caressait au visage...

Oui, tout n'est qu'illusion : illusion, cette vie et tout en cette vie; mais sans l'illusion, serait-elle? Celui en effet qui saurait la voir ce qu'elle est, un point dans un effrayant abîme, et verrait les hommes ce qu'ils sont, ombres, fantômes se profilant sur le fond formidable de l'éternité et de l'infini, dédaignerait sans doute, comme quelques-uns des rishis d'autrefois, de se mêler à ce spectacle insignifiant, à ces rencontres, à ce jeu vain de marionnettes : mais il est si peu d'hommes qui pensent, et la Maya les fait se perpétuer et durer, la vie existant, après tout, pour qu'on la vive, non pour qu'on la médite.

Illusion, la foi antique en l'immense légion des Dieux morts, Indra, Brahma, Vishnou, Siva, pour ne parler que des Dieux hindous; et cette illusion cependant fit la force et l'espoir, la joie ou l'épou-

vante de millions d'êtres : et cette illusion fut nécessaire, généralement fut bonne, et vraie même en
un certain sens.

Si l'on songe à l'éternité, illusion aussi cette
gloire humaine, qui pour un moment fait vibrer
un nom dans l'espace, un nom qui bientôt se perdra
en l'indifférence, le silence et l'oubli : et cette illusion cependant a éveillé, excité, soutenu l'énergie
de milliers d'hommes, les a fait travailler à la grandeur de leur pays, à l'élévation de leur race.

Illusions, nos passions humaines ; illusion, cet
amour, cause d'extases et de désespoirs, de vertus
et de crimes, de tant d'ivresses et de douleurs ; et
cette folie cependant entretient l'espèce par un
mensonge doux et amer, dont nous tous, ou presque
tous, sommes les dupes.

La beauté ? Mais aux artistes les plus épris d'elle,
un jour elle ne peut suffire et ne semble plus
guère qu'un radieux mensonge, comparée à ces
réalités magnifiques, qui sont la sainteté, l'héroïsme aimant.

Oui, l'illusion est dans tout, et il le sait trop,
celui qui a longtemps vécu, — dans tout, hors
en la curiosité du vrai, et dans l'amour ardent de
la justice, dans la pitié pour les êtres, dans la résignation transcendante à ce néant du monde. L'illu-

sion est dans tout; mais un Bouddha, un Jésus, et
ceux qui les ont imités, ceux-là, nulle illusion ne les
aura trompés, car rien n'est illusoire du bien
accompli ou du vrai proclamé jusqu'au sacrifice.

Sous la nuit, fourmillante d'étoiles, sous son
mystérieux et effrayant silence, un cercle illimité
de montagnes, ondulant comme de larges houles,
comme les vagues d'une Atlantique devenue soudain immobile. Et de ce sommet, dans l'air froid,
j'attends le lever du soleil, ému comme un chrétien avant la minute de l'Élévation, en l'obscurité
d'une cathédrale. Si terrible et si haute est cette
cathédrale de la Nuit, où l'Orient peu à peu
s'éclaire, tel qu'une rosace pâle. Une lueur vague,
une lueur d'Annonciation apparaît en effet, grandit,
envahit l'Est, très loin encore, derrière des
masses noires de montagnes. La lueur jaune s'avive
de rose, monte dans le ciel, s'étend; et dans sa
radiation conquérante, une à une, lentement,
s'effacent les étoiles. Mais longtemps elle reste in-
décise, et sa note tenue se prolonge jusqu'au moment où éclatera, par une progression magnifique,
en un *crescendo* fulgurant et sublime, la symphonie

de la lumière. Des nuages carmin, tels que des fu-
mées rousses, semblent sortir d'une cuve invisible,
d'une cuve de métal en fusion. Et des rayons jaillissent, teintant les pointes des sommets, qui
plongent par leur base encore dans les brouillards
et l'ombre. La lumière croît, et des rouges glorieusement triomphent dans l'horizon jaune; et voici
que sur un fond d'éblouissante splendeur, étincelant, aveuglant, magnifique, surgit le Dieu, ainsi
qu'un Christ ressuscité, ainsi qu'une hostie géante
dans un ostensoir de vermeil. A l'Ouest, des
vapeurs rampent, telles que de larges fleuves; et,
blanches, floconneuses, roulant très haut par-dessus les plaines, rappellent, aux ouvertures des
montagnes, des inondations croulantes, ayant
crevé leurs digues; plus loin, elles s'étalent en
lacs gris, et les sommets neigeux, qu'éveille le
matin, en émergent comme des îles, des récifs
d'argent et d'or.

Et cependant que le Soleil divin se lève ainsi
sur les Alpes, après s'être là-bas, si loin vers l'Est,
couché sur l'Himalaya embrasé, mon rêve se
reprend au vieux drame védique, au drame de ses
luttes contre la Nuit, contre les démons et les
terreurs de la Nuit; et je sens qu'à cette heure,
troublé et religieux comme un homme d'autrefois,

je m'abîme en la présence d'un mystère, le mystère d'un Dieu revivifiant et recréant le monde,
à chacune de ses ascensions nouvelles, le rassurant
aussi après l'épouvante descendue de l'infini des
ténèbres. Et la prière antique me revient aux lèvres :
« Dieu de force, fais-moi fort ; Dieu de lumière et
d'amour, fais-moi lumineux et aimant ; fais-moi
pur, toi qui es pur ; fais-moi joyeux, Dieu de
la joie, et que je la répande en les âmes, comme
tu la répands en la mienne. Aide-nous, Dieu des
vivants, à semer, multiplier, à ennoblir et exalter
la vie ! »

Je bénis tout ce qui m'a menti, l'illusoire beauté
des choses, et les paroles des êtres bons, et tous
les rêves qui peuvent encore donner aux hommes
l'espoir, la force et la joie. Je bénis les poètes qui
ont créé le Beau, les purs qui ont créé le Bien, les
sages et les saints qui ont créé le Ciel et les Dieux.
Je bénis aussi tout ce qui est grand, — les grandes
montagnes, les grands fleuves, l'Océan sans bornes
et les forêts profondes comme des poèmes, et tout
ce qui peut faire oublier l'étouffante limite de la
vie. Et je bénis les lèvres mortelles qui m'ont juré

l'éternel amour; et les nuits de printemps, les
nuits tièdes, les nuits pâles comme *sa* chair; et les
chastes aurores, limpides comme *ses* yeux. Je
vous bénis, clartés des yeux et des étoiles. Je vous
bénis, ô mes espoirs, ô mes ardents désirs jamais
rassasiés.

Je bénis tout ce qui m'a trompé, tout ce qui m'a
consolé d'*être*.

Maya, Déesse de l'Illusion, je reviens à ton
culte oublié, et je voudrais, Mère des choses,
que ce livre moins obscurément sût réfléchir ton
image.

Oui, tout est destiné à périr; tout n'est qu'apparences et visions. Je suis un rêve échappé de
tes rêves, un fantôme parmi des fantômes.

J'ai tremblé d'abord, voyant le néant qui était
en moi, et dans les pensées et les œuvres des
hommes, et dans tout l'immense Univers.

Je rêve tranquille aujourd'hui, — ne te demandant plus que de radieux mensonges, des illusions
nouvelles de beauté, d'amour et de foi.

Cosmos

La sagesse serait peut-être de reconnaître, avec le Bouddha, que les phénomènes n'ont qu'une réalité incertaine, et à très peu près aucun sens, que la plupart de nos actes ou de nos pensées sont d'une insignifiance qui confine au néant, mais, en la pratique de la vie, d'agir comme si tout était réel, et d'abord la misère du monde, et le pouvoir divin de l'alléger parfois.

Virilement voyons donc la vie comme elle est, et aussi les hommes comme ils sont. Il les connaît peu celui qui n'a pas, avec découragement et terreur, mesuré toute la profondeur de la bestialité et de la bêtise humaines, et il serait sans âme celui

qui ne chercherait pas, quand même et toujours, à soulager et aider cette humanité misérable.

C'est une œuvre d'art aussi, et vraiment sublime,
et de toutes peut-être la plus difficile à créer, qu'une
âme se faisant pure parmi les impuretés du
monde, fière et libre parmi ses bassesses, sainte et
pure au milieu de l'animalité qui l'entoure.

Ainsi pour le pessimiste tout n'est pas illusion
ou néant; car il s'est formé en cet univers, que le
plus souvent il dédaigne, un royaume idéal de vérité, de beauté, de justice. Rien n'est mensonger
en effet des acquisitions de la science, ni de ces
rythmes supérieurs, reconnus par nous ou rêvés,
producteurs de la beauté parfaite; rien n'est mensonger de la justice, ce rythme encore, qui doit
régir et ordonner les âmes, ni de la vertu, qui
constitue pour elles la liberté vraie, l'absolue délivrance en face de certaines fatalités ou incitations
de la Nature.

14

La vertu est la haute délivrance, car sans elle l'homme retombe à la bestialité originelle, à la tyrannie des instincts. L'*in virtute libertas* des stoïciens est réel ; mais leur doctrine se distingue de la nôtre, en ce sens qu'elle croyait bonne cette Nature, que nous croyons au contraire indifférente au bien ou amorale. Le stoïcisme invitait l'homme à suivre simplement l'appel de la *bonne nature : naturam sequere ;* et comme les religions bouddhique ou chrétienne, notre pessimisme, en fréquente rébellion contre elle, s'honore de résister à ses lois coutumières d'impudicité, de violence et de meurtre.

Cette vie, trop souvent plate, banale et vile, ne mérite donc la peine d'être vécue que si on la recrée et transforme, si l'on fait d'elle une *œuvre d'art*, une œuvre d'harmonie, de beauté, de justice, — un *Cosmos*. Et ce troupeau humain, trop souvent brutal, féroce ou lâche, ayant conscience aujourd'hui de sa vraie nature et de son néant originel, n'aurait plus dès lors raison d'être, sans la volonté et l'espoir de bientôt se réhabiliter et relever, et de tendre en l'avenir, d'une marche plus ferme et plus sûre, vers cet idéal auquel tant de fois déjà il a été si vainement appelé. La théorie pessimiste appréciant la vie ce qu'elle est, misérable et médiocre, et l'homme ce qu'il vaut, un animal parmi les autres, attardé « dans la bauge de ses sensations », logiquement, on le voit, peut et doit aboutir à la plus rigoureuse des morales, aussi bien que le stoïcisme et les religions supérieures.

Puisque le suicide universel est impossible à l'humanité, et que, si douloureuse ou absurde que soit la vie, il la faut vivre, vivons-la, mais comme des soldats sans peur, qui, voyant les obstacles, les dangers, la mort, passent quand même, et entraînent les autres.

Je crois qu'une réaction se prépare ; on laissera aux malades cette littérature, ces musiques de tristesse, d'alanguissement, de soupirs ; on ira aux croyants, à tous ceux qui ont foi dans l'énergie humaine, foi en ces formules magiques dont nous a dotés ou nous dotera la science ; on ira à ceux qui luttent, fût-ce sans espoir. Nous savons en effet que par des conjurations efficaces nous avons le pouvoir *divin* de transformer l'homme et sa destinée. La transformation a été jusqu'ici trop lente ; il la faut hâter.

Nous avons abusé de la pensée, de la sensation, et ces abus nous ont affaiblis, énervés, émasculés comme des fumeurs d'opium ; quelques années encore, nous serions facilement la proie de ceux qui ont et cultivent en eux moins les facultés de l'imagination et du rêve, que la vigueur morale et que la volonté.

Sophistes, ceux qui prétendent que l'homme ne peut rien sur sa destinée ; l'homme la crée au contraire, toute l'histoire le prouve ; elle démontre que l'empire du monde est aux vaillants, aux robustes, et non aux dilettantes, aux lettrés, aux artistes, qui seulement rêvent, ou gémissent.

Malgré les caprices, et malgré les duretés de la Nature qui l'a jeté chétif en un monde hostile et rude, l'homme a grandi, a conquis son indépendance, par instants sa liberté pleine. Beau sujet de poèmes, ce combat perpétuel, cette lutte de tant de siècles contre la Terre, la Mer, contre toutes les forces malfaisantes, contre les fauves, les maladies, la mort que nous commençons à vaincre. Et en même temps que ces rébellions contre la tyrannie de la Nature, étaient incessantes et glorieuses aussi les révoltes de l'homme contre les tyrannies de l'homme.

La civilisation nous apparaît ainsi comme une œuvre d'art, à quelques points de vue magnifique, et que seul a su créer l'homme. Mais loin d'accepter la doctrine que cette œuvre, d'une élaboration si lente, soit due tout entière au mystérieux inconscient des foules, nous l'attribuons d'abord à l'âme ou au génie sublimes de ces héros, tels que les a vus Carlyle, de ces maîtres qui, à certaines heures, s'imposent et marchent en avant du vague troupeau humain.

Nous voulons donc, comme Carlyle, le culte des héros et nous voulons des héros. Toute grande religion, tout grand idéal, le Bouddhisme, le Christianisme, l'Islam, la Cité antique, ont eu les leurs, et la Révolution française, quand elle était une religion encore et non plus seulement une affaire. Or le rêve, or l'idéal ne feront pas défaut à l'humanité, et après ces héros du passé, nous aussi enfanterons les nôtres.

« Vis avec les Dieux », disait Marc-Aurèle ; vis avec les héros et les saints ; reviens à eux sans cesse, pour te soutenir et te raffermir en cette vie ; console-toi et purifie-toi des vivants en la compagnie de ces morts. Seul, que ferais-tu sans leur présence auguste, sans leur exemple et leur appui ?

L'analyse de l'amour a révélé en nous une vie profonde et mystérieuse, celle de l'Espèce, étroitement mêlée à la nôtre. C'est son génie, son âme, aspirant à l'illimité dans le temps de l'espace, qui produit le délire parfois sublime des amants et met sur leurs lèvres mortelles le vain mot d'immortalité.

Les tendances et les idées héréditaires, ces idées dont plusieurs philosophes font les idées innées, n'est-ce pas son âme, sa pensée, qui sent, qui veut, qui pense en nous ?

Par elle l'individu se survit à lui-même ; et en

nous sont donc deux personnes, l'une éphémère, et l'autre plus durable, — l'Espèce elle-même devant périr.

Schopenhauer a démontré la présence en notre être de cet inconnu, de ce *dæmon*, qui dans les crises d'amour nous inspire des actes trop souvent contraires à notre bien et à notre bonheur personnels, mais nécessaires à cet *autre nous*, qui est l'Espèce.

En des crises différentes, en ces crises morales, où il nous faut choisir entre la félicité égoïste et des devoirs dont l'accomplissement nous sera douloureux, peut-être nous ruinera et tuera, mais au profit de l'intérêt général, il y a lutte évidente entre ces deux personnes, lutte qui sera sans doute moins difficile un jour, quand l'individu se rendra mieux compte de son identité avec cet Être plus ou moins immortel, qui est en lui et qui est lui.

Or le héros est l'homme qui à sa vie individuelle si limitée, si courte, substitue de plus en plus cette grande vie de l'Espèce, la vie de son peuple, de sa race, de l'humanité.

Et c'est ainsi que j'entends pour les générations à venir une éducation *héroïque*, éducation où dominera la conscience de cette vie plus large et plus haute, de cette vie nouvelle, à laquelle, je

l'espère, notre égoïsme finira par se dévouer avec
moins d'effort, et joyeusement même, — comme en
un tableau de G. Moreau je vois rayonner de joie
de beaux éphèbes grecs s'élançant à la mort,
ceux-là peut-être qui tombèrent aux Thermopyles,
à Marathon, ou qui suivaient Alexandre, jeune
aussi et pareil aux Dieux.

Il y a peut-être en cette conception des rapports
de l'individu et de l'Espèce, le point de départ
d'une doctrine transcendante qui, même chez un
peuple d'agnostiques ou d'athées, reconstituerait la
notion du sacrifice, nécessaire à toute vie sociale.

Nous sentons plus que jamais aujourd'hui les
liens de sympathie sans nombre qui nous rat-
tachent à l'humanité entière, et chaque jour nous
prenons un peu plus conscience que nous faisons
partie d'un corps qui est son corps et d'une
âme qui est son âme. Ne vibrons-nous pas à chacun des troubles qu'elle éprouve, par ces milliards
de fils télégraphiques, véritable réseau nerveux, nous
unissant à toutes les parties de la terre? Chaque
individu autrefois, comme un animal inférieur,
n'était touché que par les mouvements, les émo-

tions les plus proches; il ne jouissait, ne souffrait qu'avec sa ville, sa tribu, sa province. Puis fut conçue peu à peu la notion d'une patrie plus vaste; et la vraie patrie dépassant les limites de la nôtre n'est-elle pas désormais partout où frémissent des douleurs et des joies humaines? Nous comprenons que notre vie, moment de l'universelle durée, s'agrandit de toute la vie du passé, de ce passé, où nous étions virtuellement déjà, et qu'elle doit s'agrandir encore d'un très long avenir, par la survivance de nos actes, de nos idées, de notre descendance. Nous comprenons que cette Humanité éternelle, c'est nous-mêmes, qu'elle est, selon l'expression hindoue, notre *moi* éternel, infini, et que la mort en un certain sens ne peut donc nous garder et anéantir tout entiers, puisqu'elle ne peut atteindre la vie, l'âme de l'Espèce qui est en nous, et nous doit survivre, comme l'arbre à ses feuilles.

Le bouddhisme a vu ce que nous commençons à reconnaître, que la faute est expiée moins par l'individu coupable que par sa descendance, moins souvent par les générations coupables que par celles

qui la suivent. Or cette loi d'injustice apparente
semblera d'absolue justice, quand nous aurons
compris que la notion de notre individualité nous
trompe, nous cachant la race qui est en nous,
cette race qui dépasse notre existence de tout le
passé comme de tout l'avenir : c'est donc elle,
c'est donc ce *moi*, presque éternel par rapport à
nous, qui, continuant notre *moi* éphémère, justement doit expier nos fautes ou recevra la récompense de nos mérites.

Cette âme de l'espèce qui par instants se manifeste si magnifiquement chez l'individu, dans l'enthousiasme par exemple du martyr donnant sa
vie pour tous, ou dans le délire des amants, cette
âme rappelle l'*atman* immortel entrevu par les
Hindous, et qui transmis d'une génération à l'autre, modifié par le temps et par les milieux, change
d'apparence ou de corps, comme l'acteur, disaient-
ils, change de costumes.

Le bouddhisme a constaté, mieux que la Bible,
cette loi de la nature, et qu'il nous a fallu, en nos
lois sociales, contredire et réparer, comme nous
avons fait de quelques autres, parce qu'elle révol-
tait par trop nos besoins de justice. Nos codes
n'admettent plus, en effet, et avec raison, que le
châtiment encouru par le père soit subi par l'en-

fant. La loi de la nature, terrible en son équité
logique, veut au contraire que l'enfant expie pour
le père, qui pourra donc vivre et mourir tranquille, tandis que son enfant souffrira et mourra,
frappé impitoyablement à sa place.

Mais cette loi qui établit entre les générations
un lien si étroit, une solidarité si redoutable, cette
loi confirmée par la science moderne, et qui étend
si loin la portée de nos actes, n'entrera-t-elle pas
un jour, bien comprise, en nos concepts nouveaux
de la moralité; et n'aurons-nous pas de nos devoirs
une idée plus profonde, quand nous reconnaîtrons
que rien ne se perd de nos actions bonnes ou mau-
vaises, et que pendant des années, ou des siècles,
de telle parole ou de tel acte, des fruits naîtront
sains ou malsains, bienfaisants ou funestes ?

Songez sans cesse aux forces futures de la patrie,
songez donc sans cesse à l'enfant. Pères, mères,
sachez que sa genèse, celle de son corps, de sa
pensée, de son âme, commence en vous bien avant
sa naissance. Sachez que cet enfant, longtemps
même avant sa conception, vous le portez en vous,
et qu'il devra donc hériter de vos énergies, de vos

vertus, comme aussi de vos déchéances héréditaires ou acquises, de vos tares morales ou physiques, de vos folies et de vos vices. Votre enfant, vous le créez chaque jour. C'est l'idée du bouddhisme, nous l'avons vu, que nos actes forment peu à peu des êtres qui nous continuent et ainsi reçoivent le prix de nos mérites ou le châtiment de nos fautes.

L'âge de l'inconscient n'est plus; l'homme voit désormais et comprend ce qu'il ne pouvait voir ni comprendre. Méditez sur toute la somme de douleurs et de morts, en ce long passé d'inconscience, morts, douleurs dont les coupables étaient presque toujours innocents, puisqu'ils étaient dans l'ignorance. La science est venue, sa clarté s'est faite, et cette responsabilité aujourd'hui est entière, souvent terrible.

La mère, dont l'enfant germe en la nuit de sa chair, n'a-t-elle à accomplir, au temps de cette croissance obscure, qu'une œuvre inconsciente ? Non, et Platon l'a dit : il semble qu'elle puisse quelque peu pendant la gestation modeler ce corps, cette âme, à l'image d'une idée ou d'un idéal, et les

Grecs devant elle plaçaient les statues sublimes de leurs Dieux.

Mais surtout après la naissance devrait commencer pour l'enfant une hygiène cérébrale qu'aujourd'hui l'on ne connaît plus guère. C'est dans l'enfance que se crée tout l'homme. Si la moralité est aussi la résultante de continues et lentes associations d'idées, l'on admettra que puissante est chez l'enfant, après l'influence du tempérament héréditaire, celle de l'éducation première, celle des spectacles qui lui sont donnés, des discours entendus par lui, du milieu moral où il se développe.

Il faut donc que les médecins et les philosophes conspirent à régénérer l'homme, veillent ensemble sur sa santé, sa vigueur, sa beauté. Des âmes saines et belles en des corps sains et beaux, comme aux temps de Phidias et de Platon, voilà quel doit être en l'avenir le but supérieur de la science; et il le poursuit déjà, ce nouveau *Comité de salut public*, qu'est ou doit être notre Académie de médecine.

Un idéal est nécessaire à la vie d'un peuple
comme à la vie de tout être humain : et une nation
qu'aucune idée, aucune ambition ne tourmente,
n'a vraiment pas ou n'a plus raison d'être. Toute
nation ne vit et n'est debout que par une idée
qui la soutient, la porte, à quelques moments la
transporte, l'exalte, fait son héroïsme, ses victoires, ses conquêtes.

L'Angleterre a son idéal, parfois féroce, mons-
trueusement égoïste : la colonisation sans limites,
par sa race féconde, vigoureuse, hardie, et pour
cela sa suprématie sur les mers.

L'Allemagne nous a vaincus par la toute-puissance d'une idée : celle de l'unité germanique. La
Russie a son panslavisme, ses rêves d'extension
surtout au Nord de l'Asie et, peut-être, s'ajoutant
à ces ambitions matérielles, de vagues aspirations,
mystiques, évangéliques, messianiques, qui rappellent des sentiments particuliers jadis à l'âme si
humaine de la France : ainsi la pitié pour les
faibles, les déshérités, les victimes de la vie.
Mais quel est notre idéal en ce moment ? Et il fut
si grand, si généreux, si passionné autrefois !

Après l'idéalisme superbe de la Révolution,

quand elle jetait, semait la vie nouvelle aux quatre
vents du monde, idéalisme périlleux sans doute et
pour lequel fut versé bien du sang, mais qui sur
son passage laissa une lumineuse traînée de gloire,
le plat positivisme nous a trop gagnés, plus funeste encore; car si je ne vois pas après lui moins
de désastres, de gaspillages et de ruines, je vois
moins de gloire et d'honneur.

La France paraît se contenter aujourd'hui d'une
existence terre à terre, au jour le jour, sans les ardents espoirs, les pensées sublimes, les rêves
désintéressés, les enthousiasmes d'autrefois.

Qui, enfin, prononcera parmi nous la parole
évocatrice de ces fiertés, dont tout un peuple
superbement tressaille? Qui réveillera le vieil
idéal de la France, de son âme aimante, soucieuse
et anxieuse de tout progrès humain, de cette
âme affamée de justice? ou qui lui créera un idéal
nouveau?

Un jour viendra, il est proche, où l'action des
héros obscurs, où celle des humbles et de ces
dédaignés, qui font et perpétuent le bien ici-bas,
où la simplicité, l'héroïsme du soldat par exemple

qui en 1870 mourait abandonné dans la neige, ayant accompli tout son devoir, et sans que nul l'eût encouragé ni vu, sans qu'aucune gloire jamais dût illuminer sa tombe, sans qu'aucune justice l'eût récompensé en ce monde d'effroyables et immanentes injustices, seront appréciés tout autant que la plus fameuse des créations de la poésie et de l'art, et ou que les plus vides et les plus célèbres des déclamations oratoires.

O misère de l'homme qui ne peut s'arrêter au faîte du bonheur, de la puissance ni à ces hauteurs où le porte son génie, qui ne monte que pour tomber ou descendre et ne peut demeurer en la perfection atteinte d'aucune de ses facultés, qui obéit comme le reste des êtres à cette loi du mouvement sans repos, à cette loi décevante, ironique de l'évolution créatrice et destructrice de tout. Et à cette loi qui toujours nous pousse, répond le besoin, le plus tyrannique en notre âme, de changement, d'inconstance, qui nous rendrait insupportables les joies mêmes d'un paradis monotone.

Les nations peuvent s'élever et grandir : c'est en progressant dans la vie qu'elles aussi avancent, vers la décadence et la mort. Nous rêvons une éducation supérieure qui créerait une race supérieure; or ce besoin *d'autre chose*, est tel qu'une race assise en sa victoire, en ses fiertés, en ses conquêtes, lentement, péniblement acquises, n'aspirerait plus qu'à descendre, parce que les âmes sont mobiles, parce que rien, pas même le bonheur ni la gloire, ne les peut fixer, parce qu'elles sont entraînées par l'incessant et mortel désir qu'aujourd'hui soit autre qu'hier, et demain qu'aujourd'hui, parce que la loi de l'évolution, après avoir tout créé, doit tout transformer et détruire. Et de là ces chutes des nations, ces *décadences* fatales de leur littérature, de leurs arts; de là ces abaissements dont la nécessité nous déconcerte et décourage. Quel peuple, au commencement du xixᵉ siècle, eut une éducation plus haute que le peuple allemand? Quel peuple s'enivra d'un idéalisme plus pur? Bach, Beethoven, Kant, Fichte, Schelling, Hegel, Goethe, sont ses maîtres; et leur idéalisme transcendant aboutit à ce positivisme de nos jours et à cet axiome, accepté, non repoussé, non vomi avec indignation et dégoût, par l'Allemagne entière, qu' « il n'est de droit que la force ».

L'art sublime et grave, l'art suprême d'un Phi-

dias conduit à celui des siècles qui suivent, et
la sculpture grecque, de chute en chute, en vient
aux médiocrités, aux hontes de la décadence. De
quoi servit donc une telle école, et une éducation
si haute ? L'art supérieur aussi des primitifs italiens
ou allemands, s'il mène à Raphaël et à Dürer, aboutit
à la platitude, à la bassesse de certains artistes
allemands ou italiens des xviie ou xviiie siècles,
parce qu'il *faut toujours autre chose*, et que la perfection même, que l'absolu du beau ne sauraient
nous fixer.

Aussi faut-il nous attendre, quelles que soient
les victoires, à des recommencements continuels.
Et cependant il faut perpétuellement lutter,
comme si nous devions vaincre et conserver, vain-
queurs, le terrain gagné. L'honneur de l'homme est
fait de ces combats, renouvelés sans fin, contre
lui-même et contre la Nature.

On reviendra à l'idée iranienne de la vie regar-
dée comme une lutte entre deux Principes. Cette
distinction antique des mauvais et des bons, on la
voit indiquée, affichée déjà sur les murs de nos
écoles : c'est, en des tableaux, la séparation des ani-

maux nuisibles d'avec les animaux bienfaisants,
qui sont les alliés naturels de l'agriculteur et du
forestier. Et, de même, l'on tentera d'éliminer de
plus en plus par la sélection, par l'éducation, par
la force, les hommes nuisibles, dangereux et
malfaisants, comme on tente de détruire les
animaux qui ravagent nos terres, nos forêts,
et s'attaquent dans l'ombre à nos richesses.

Si l'art, comme la poésie, est l'illusion, le mensonge magnifique par lequel l'homme essaie de
masquer parfois, et de parer la triste réalité de
cette vie, une doctrine pessimiste ne peut que s'intéresser et s'attacher passionnément à lui comme
à l'un des plus consolants et des plus sûrs de nos
libérateurs.

La musique des lignes, qui la sait goûter et
comprendre, peut être ému par elle jusqu'à la
plus profonde ou la plus aiguë des jouissances.
J'ai vu pleurer devant la divine procession des
Panathénées, qui rappelle en effet la plus grave, la
plus noble, la plus pure des musiques sacrées. Et

bien des statues ou statuettes de femmes ne sont-
elles pas harmonieuses et tendres comme la plus
tendre des mélodies musicales ? N'est-ce pas une
mélodie adorable, ces lignes qui fuient, ondulent,
s'éloignent, et reviennent, se retrouvent à leur
point de départ, ou symétriques forment de si
doux accords, des harmonies délicieuses, ravissement, trouble des yeux et des âmes ?

On commence par l'adoration de la Vénus Céleste, et l'on ne sait quelle pente mène à l'autre,
à la Vénus Pandémos. De l'art idéal et pur du
Parthénon ou sévère du temple d'Égine, par une
descente insensible, on arrive à l'art délicieux et
troublant de Praxitèle, puis à l'art aphrodisiaque
des temps qui suivent. Certes, il ne s'agit guère
ici de condamner ni de blasphémer le Beau, aussi
indispensable à l'homme que le pain de chaque
jour. Mais je crois que toute race est perdue qui
ne saurait admirer, aimer, ne poursuivre que lui
et il en est de la religion de la Beauté comme
des saintetés de la Passion : il est des saintetés
plus saintes, et des religions plus hautes.

Le rythme est partout et en tout, le rythme qui
est déjà la vie, partout, dans la molécule liquide,
contractée comme les étoiles en une sphère parfaite, ou dans les cristaux de la grêle, de la neige,
de la glace, étalant sur nos vitres leurs arborisa-
tions exquises. Le rythme, il est dans l'hymen
chimique des métalloïdes ou métaux, s'unissant selon des proportions, des nombres nécessaires; il est
dans les tourbillons où sont entraînés les terres, les
lunes, les soleils; il est dans le soulèvement de
la mer vers les astres, et dans ses mouvements,
ses courants, et dans le cercle où roulent perpétuellement les eaux, de la mer à l'air, de l'air aux
plaines et aux montagnes, des montagnes, et des
plaines à la mer.

Mais le rythme est surtout au plus haut degré
de l'existence dans ce merveilleux monde végétal,
où tout est musique, ravissement pour les yeux, et
dans le monde animal, et son admirable anatomie.

Et l'on peut comprendre que les anciens aient
divinisé les hommes qui portaient en eux la puissance, la magie du rythme, créaient l'art, le beau,
la loi morale (la loi morale, rythme pur dans la
sphère des actions humaines); — et ils les divi-

nisaient comme ayant eu cette faculté vraiment divine de sentir et reproduire ce rythme, visible ou caché, immanent dans les choses, et producteur en elles de la vie, de l'ordre, de la beauté sans défaut.

La réconciliation se fera un jour entre la Nature et l'Homme, et ce jour-là verra ou reverra l'accord du rêve et de la vie, de l'idéal et de la réalité. Ainsi que dans *la Mégère apprivoisée*, la guerre et la haine, le duel antique, parfois sauvage, de la Nature et de l'Homme feront place à l'hymen joyeux, d'où pourront sortir des enfantements magnifiques, des œuvres d'harmonie et de beauté, comme quelques-unes des plus pures créations grecques, ou quelques-uns des rêves de certains grands génies de la Renaissance.

Comment un pessimiste peut-il, sans inconséquence, garder la joie, multiplier toutes ses énergies, et croire au bien et le vouloir ? Je vais le dire : car c'est, selon moi, du pessimisme que l'hu-

manité doit partir pour recréer sa moralité et sa
foi, — sa foi en elle, sinon en Dieu.

Que la vie nous paraisse ténébreuse et mauvaise,
elle n'en a pas moins à sa surface des splendeurs
qui nous attirent, nous enivrent, nous enivreront
à jamais, des illusions dont nous ne cesserons, et
avec gratitude, de recueillir et dégager la beauté.
Cette contradiction est fréquente chez les amants
de pouvoir adorer sans croire, doutant de ce qu'ils
adorent, le méprisant parfois ; et la création avec
ses sourires, ses parures, avec les richesses de ses
formes, avec le manteau d'or, les robes de soleil ou
de lune jetées sur ses laideurs, continuera, jusqu'à
la fin des temps, de charmer, d'éblouir, de troubler et de passionner des âmes. Il y a aussi la
création humaine, toute l'œuvre humaine, l'œuvre
d'art, de justice, d'amour, qui prend une valeur
singulière de son contraste avec les laideurs, les
discordances, les iniquités de la nature, et peut à
juste titre éveiller en nous l'enthousiasme. Puis
cette pensée même qu'il nous faut mourir, et tout
entiers sans doute, ne doit-elle pas donner plus
d'acuité, d'intensité à nos sensations, à nos sentiments, ce que l'on voit chez les pauvres mourants,
qui contemplent pour la dernière fois les clartés de
la terre, de la mer et du ciel, l'éblouissante magie

des soirs, ces spectacles, à quelques heures, vérita-
blement enchantés, et pour eux près de s'évanouir
à jamais?

Ainsi, loin de décourager toujours et pour toujours, le pessimisme parfois ne fait qu'exciter
ceux qui aiment à aimer davantage, ceux qui
luttent à lutter plus encore, ceux qui jouissent de
leur cerveau ou de leur âme à en multiplier et à en
exalter l'énergie : car il faudrait, en cette minute
de vie qui nous est donnée, faire tenir, s'il était
possible, un infini d'amour, de rêves, de pensées,
comme en un diamant se condense la lumière, en
une goutte d'eau l'éclat du ciel.

Le pessimiste ne nie pas en effet la beauté des
choses en cet univers où tout se rencontre, même
le bonheur et la beauté; mais il les croit créés
surtout par l'illusion et le rêve humains, et,
sachant que la vision du beau est très rare, comme
exceptionnelle, il en est donc plus étonné, plus
ému, plus enivré qu'aucune autre. Le pessimiste
ainsi peut avoir ses joies : voici comment il mérite
et atteint les plus hautes.

A notre vie individuelle si chétive, si étroite, si
misérable, devra, je l'ai dit, de plus en plus se
substituer en nous la grande vie de l'Espèce : ainsi
nous pourrons indéfiniment élargir notre exis-

tence éphémère, multipliant notre vie, notre âme,
nos forces, de la vie, de l'âme, des forces de l'Espèce
en qui nous sommes, qui est nous-mêmes, qui
est notre *moi* sans limites. Comprend-on que de
la sorte un pessimiste puisse avoir ses joies encore
mêlées à ses douleurs, son âme s'enrichissant
de ces milliers, de ces millions d'âmes, que le
don de sympathie lui permet de sentir vivre
et palpiter en la sienne? Car rien d'humain,
rien de vivant ne peut être indifférent à ses yeux.
Sa vue très nette et son horreur du mal lui ont
inspiré la passion du bien; et, plus que l'optimiste, il aura du bien ou du mieux cette passion
que rien n'arrête ni ne décourage; car l'optimiste
étant un satisfait, qu'aspirerait-il à changer, en
soi d'abord, puis en ce monde, le meilleur pour
lui de tous les mondes possibles? Le pessimiste
au contraire, épouvanté du mal universel, veut le
combattre; attristé de l'universelle souffrance,
veut la consoler, la diminuer, la guérir. Il voit
tout le fond d'impuretés et de bestialités qui
demeure en nous; il sait jusqu'où peuvent descendre la brutalité ou la platitude humaines; et
c'est pour cela qu'il veut *autre chose*, et qu'il rêve
et exige une *humanité autre*.

Mais la pitié le saisit parfois, quand il se rappelle

d'où l'humanité est sortie, et ce qu'il lui a fallu d'efforts pour se dégager de l'antique fange originelle; et mesurant ce qu'elle a fait déjà, il espère, il croit qu'elle fera plus encore, et il *veut* qu'elle fasse plus encore.

Il n'est pas nécessaire d'avoir un idéal très élevé, pour tenir en faible estime l'ensemble de l'humanité, quand on n'aurait pas d'elle le dégoût, la nausée, l'horreur. Et cependant cette humanité si médiocre ou si basse, si criminelle, si monstrueuse parfois, est la même qui a donné naissance à tant de héros, de saints, d'artistes sublimes.

Cette vile espèce animale se peut donc élever jusqu'à devenir à certains moments presque *divine*. Il est permis dès lors de rêver une humanité supérieure à l'humanité d'aujourd'hui, autant que la race blanche l'est à la noire, l'homme moderne à celui des cavernes. Et l'on peut se consoler de l'ensemble de cette humanité présente, dans la compagnie de cette élite, de cette aristocratie que j'ai rappelée, dans cette *communion des saints*, selon le mot de l'Église.

❦

Aie de grandes pensées plus que de grands espoirs ; et combats, fût-ce même sans l'assurance de vaincre. Oui, agis et combats toujours, fût-ce en désespéré héroïque, pour ce qui seul peut donner ou rendre quelque prix à la vie, — depuis que ce monde semble avoir perdu Dieu, — pour l'Idéal, pour le *divin*, pour la beauté, pour la justice, pour toutes les illusions rayonnantes de l'amour et du rêve humains.

Et créons ainsi la Cité idéale, à défaut de la « Cité divine ».

❦

Si Dieu est, je vis et j'agis en lui, je participe à son œuvre, je la continue ; si Dieu n'est pas, je vis encore et quand même, comme si je vivais et agissais en lui ; et je n'ai donc rien à craindre, ni rien à changer en mes actes, faisant ce que je dois, que Dieu soit ou ne soit pas, que la vie soit bonne ou mauvaise, soumise ou non à un ordre et à une raison éternels.

❧

Et le dernier mot est : Que sais-je ? que sais-je, sinon qu'il est des vertus et des beautés à aimer, des douleurs à soulager, des maux à guérir, des illusions à adorer toujours, et de radieux paysages du ciel et de la terre, de magiques aurores, des couchants féeriques, de paradisiaques nuits d'été, et des lèvres tendres qui se joignent, et l'amour, le cruel et le délicieux, le fol amour, dont le nom seul fait trembler encore tout mon cœur, et des êtres bons et des êtres saints, et par moments, ainsi, des joies sublimes mêlées à cette misère humaine... et peut-être dans l'insondable profondeur, loin, oh ! si douloureusement loin en cet instant de mes regards et de mon âme, l'inconnu Créateur du rythme, du rythme immanent à la vie et qui semble être la vie même, — Dieu, ou un Dieu à retrouver ?...

LE

BRÉVIAIRE D'UN PANTHÉISTE

ET LE

PESSIMISME HÉROIQUE[1]

1. Un volume in-18. *Fischbacker*, éditeur.

« Un bréviaire, c'est-à-dire un livre bref, dit l'auteur, à lire et relire, livre de pensées philosophiques, religieuses, morales, répondant aux miennes, livre de foi et d'espérance peut-être, et le bréviaire d'un panthéiste, c'est-à-dire d'un esprit indépendant, confiant dans la raison et la science, croyant avec elles à l'unité de la Substance et de la la Force, ainsi en communion de préférence avec les doctrines panthéistes.

Dans ce volume, en marge de méditations, de réflexions, de maximes empruntées à des sages, à des penseurs de toutes les races et de tous les temps, en marge, humblement, comme il sied près de ces héros ou génies dont j'ai reproduit les idées, j'ai inscrit quelques notes, quelques impressions ou sensations, lien d'une doctrine qui fait l'unité et aussi la nouveauté de ce livre, et qui est mienne, la doctrine du pessimisme héroïque.

Pour le bien de certaines âmes qui, plus ou moins nombreuses, tôt ou tard arriveront, je le crains,

au pessimisme et au nihilisme métaphysiques, je
tiens à montrer en effet qu'il est une voie de salut
toujours, et que même, toutes choses mises au pire,
il nous peut rester des motifs de croire tout au
moins dans le pouvoir qui appartient à l'homme de
faire par ses énergies propres, en dépit des fatalités qui l'oppriment, sa destinée ou une partie de sa
destinée...

Le Bréviaire d'un Panthéiste
et le Pessimisme héroïque

Le mystère de la mort.

Par deux actes auxquels nous ne pouvons nous soustraire, l'amour et la mort, nous payons notre dette à l'Espèce. Il faudrait donc que la mort fût, comme l'amour, accueillie par nous avec moins d'horreur que de joie peut-être, cette joie que devrait toujours exciter le don, le sacrifice de soi-même. Notre vie, plus ou moins détachée de la vie de l'Espèce, par ces deux actes revient donc et se rattache à elle, puisque c'est pour elle, afin qu'elle se perpétue, que nous aimons et mourons. Ainsi l'amour et la mort sont deux sacrifices de l'être in-dividuel au profit de l'Être plus grand et plus du-rable, qui est l'Espèce, ou la Race. Et il faudrait que la mort, comprise de la sorte, comme une

16

communion de notre être avec la Vie universelle, éveillât ainsi moins de répulsion, mais une exaltation, au contraire, semblable à celle des amants, ou de ceux qui meurent pour leur Dieu, pour la patrie ou la justice. La nature et l'homme l'ont avilie, l'ont attristée et assombrie. La grandeur et la beauté de sa fonction nous sont cachées à nos derniers moments par l'instinct de la conservation trop puissant, et qui souvent nous égare. Il est singulier que la Nature ait attaché de telles voluptés à l'amour, sans en attacher à la mort; et l'un des enseignements de l'avenir tendra sans doute à nous faire mourir du moins sans terreur, et avec cette sérénité qu'ont devant elle les simples, les héros ou les sages.

Le mystère de l'homme.

Prends conscience de l'infini qui t'entoure, et dans cet infini de ta grandeur et de ton néant. Parmi toutes les créations et les destructions des choses, parmi les mouvements perpétuels et perpétuellement transformés qui donnent naissance aux qualités diverses, aux divers états, aux divers moments de l'univers, mets-toi à ta vraie place, et, perdu en ce tourbillon, méprise et admire à la fois

ce rien, cet atome qui est ton âme, mais qui pense,
jouit et souffre et qui réfléchit ce spectacle, comme
un diamant le Soleil.

Il y a donc parfois une telle grandeur dans
l'homme qu'on voit en lui comme un miroir, une
image, un abrégé de cet Infini, qui, ainsi que lui,
est mêlé d'ordre et de désordre, de splendeur et de
nuit, de vie et de mort. Et de ce microcosme, de
cette image, de cet abrégé d'un Infini, — qui pour
le panthéiste est Dieu — de ce fils d'un tel Dieu, si
imparfait donc et tourmenté lui-même, sans cesse
rappelez-vous cette grandeur, pour avoir à le mépriser moins, quand vous êtes épouvanté et décou-
ragé par sa profonde et si pitoyable misère.

L'origine de l'homme est très basse, non divine
comme il s'est plu à le penser. S'il n'en était ainsi, sa
chute et le long état d'animalité où il s'attarde, seraient incompréhensibles, et sans excuse. Mais l'orgueil de l'homme reprend ses droits, quand on le voit
de son premier état d'ignominie et de bassesse at-

teindre par la hauteur de ses rêves, de ses pensées ou de ses actes cette condition presque surnaturelle des êtres de génie, des héros, des saints, — ce qui également ne peut se comprendre.

Tout s'expliquerait mieux — peut-être, — si l'on finissait par admettre que l'homme n'est qu'un animal parmi les autres, leur Roi sans doute, mais un animal gêné, troublé, inquiété, déséquilibré à toute heure par un développement anormal, comme monstrueux de sa substance cérébrale, par une hypertrophie étonnante en lui de cet organe étrange, incompréhensible, son cerveau, c'est-à-dire sa pensée, sa conscience, son âme, qui font ou ont fait naître ses rêves, ses orgueils, ses folies morbides ou sublimes, ses remords et ses rébellions, ses religions, avec leurs épouvantes ou leurs extases, et qui, pour son perpétuel et glorieux tourment, se sont révoltées un jour contre les bas instincts animaux, ont créé les Dieux, le Ciel et l'Enfer, créé le beau et créé le bien, ont eu des visions du vrai.

L'Infini, aux yeux des stoïciens, est un animal *divin :* l'homme, son fils, le serait-il, à son image ?

Pessimisme et nihilisme.

Quand s'approchera la mort, songe à l'océan sans fond de la bêtise ou de l'infamie humaines ; songe à tout le chaos des choses; songe à toutes les hontes, à tous les forfaits, que tu as vus ou entrevus déjà, et la plupart, selon l'usage, demeurés impunis, ou même récompensés et couronnés par le succès ; rappelle-toi les honneurs, la gloire, la popularité, les richesses, trop souvent aux moins dignes, et les vertus hautes, délicatesse, fierté, dignité, plutôt inutiles ou nuisibles ; rappelle-toi le sourire, l'insolence des satisfaits, l'importance des gens officiels, et en face de leur superbe les respects, les platitudes, les souples échines qui se courbent; songe à la brutalité de l'homme envers l'homme et envers la femme, et envers les animaux, ses serviteurs, également ses frères ; songe à la barbarie où nous restons plongés à tes tristesses, à tes rancœurs, à tes nausées devant tout cela, et tu te sentiras consolé, presque satisfait de mourir.

Sans doute il faut mépriser l'homme, le mépriser d'abord ; puis il faut s'étonner de tant de grandeur mêlée en lui à tant de néant, et de ce qu'il a conquis, de ce qu'il est à la veille de conquérir encore ; et ainsi, après l'avoir si profondément méprisé ou haï, on en vient à l'admirer parfois. Qui n'a pas commencé par être noblement sa dupe, qui ensuite n'a pas eu pour lui haine, mépris ou dégoût, qui enfin, pour lui venir en aide, n'a pas surmonté tout cela, comme le médecin sa nausée, celui-là ne l'a jamais aimé, connu, ni compris.

La révolte de l'âme aryenne contre la Nature et le mal.

Le mal physique et le mal moral sont « conformes aux lois de la Nature », dit le Stoïcisme, mais cette vérité, que le pessimisme reconnaît, le force à la juger et condamner parfois, ainsi à se révolter contre elle. Le *naturam sequere* des stoïciens est un principe inacceptable le plus souvent ; ce fut l'honneur de certaines législations, comme de certaines religions ou doctrines, d'avoir, au contraire, voulu lui résister, et d'avoir combattu dès lors quelques-uns des instincts de l'homme, très naturels cependant, étant animaux. Ce fut leur honneur d'avoir à ces instincts opposé des vertus, vertus que le stoïcisme aussi, après plusieurs de ces religions ou législations anciennes, a si bien édictées, pitié, bonté, magnanimité, amour, sacrifice, décence ou pudeur, continence, maîtrise de soi, pureté, calme de l'âme, sainteté de la vie, toutes vertus qui certes n'appartenaient pas à l'antique bête humaine.

Nulle religion ne fut en son principe plus pessimiste, plus nihiliste même que la religion chrétienne. Elle aussi en effet fut d'abord une rébellion de l'âme humaine contre l'absurdité et les crimes de la vie, en ce temps de l'animalité triomphante, aux derniers âges de la civilisation antique, aux siècles des Tibère, des Néron, de ces « superhommes », comme les entend Niestzche. Et je comprends la révolte de Niestzche à son tour, de ce Dionysien dansant et bondissant, ivre de vie, contre l'esprit chrétien, qui certainement, lui, est plutôt hostile à la vie. Niestzche, qui a fini par une philo-

sophie très semblable, il semble, à celle de l'âge de
pierre, n'a donc pas compris, tout pessimiste et
tout nihiliste qu'il fût, que ce pessimisme, ce nihilisme de la religion chrétienne, était justement son
honneur. Tout en défendant la vie, qui a pour elle
d'être inévitable, et en l'exaltant même, ce qui est
dès lors nécessaire, le philosophe allemand avait
le devoir peut-être de ne pas mépriser et repousser
une religion si haute, qui elle aussi voulut exalter
l'âme humaine et sut lui apporter tant d'illuminations et de fiertés morales, puisqu'elle faisait
d'un Dieu le fils de l'homme, et de l'homme le
fils de Dieu.

Il aurait dû se rappeler que ces êtres surhumains
rêvés par lui, ce fut surtout dans certaines des religions du passé qu'on les a trouvés jusqu'ici, et
certainement formés par elles.

Mais si tout est néant, comme l'affirme le Christianisme, excepté Dieu, et si Dieu lui-même, si
Dieu n'est plus (du moins ce Dieu promis de justice et d'amour, le Père, tel que l'a reconnu et adoré
l'anthropomorphisme judéo-chrétien), et si par
delà la mort la vie n'est pas, la vie nouvelle avec
la répartition équitable des joies et des récom-
penses, c'est donc bien l'universel néant pour cette
âme humaine, et c'est la nuit et c'est la désespé-

rance infinies. L'âme, ne croyant plus à rien,
sans nulle espérance désormais, serait perdue sans
doute, si elle n'avait pour la soutenir encore,
l'aider et guider en de telles ténèbres, les quelques
lueurs crépusculaires qui lui viennent du Christianisme comme d'un soleil couchant, et aussi
celles des philosophies antiques.

Quand je parle de ces philosophies antiques,
secourables en une pareille détresse, je pense à la
philosophie bouddhique et à la philosophie stoï-
cienne, doctrines toutes deux aryennes, et qui
toutes deux ont su recréer la vie morale et la vie
religieuse, même sublime, même héroïque, sans
la notion cependant d'un Dieu personnel, ni celle
d'une vie éternelle, telle du moins que le Christianisme et l'Islamisme la conçurent.

Le Bouddha était agnostique; et de la réalité et
du néant du monde il a tiré sa foi, sa foi dans
l'âme humaine, dans l'homme qui de lui-même
par ses seules énergies peut s'élever jusqu'au *divin*,
peut se faire *Dieu,* c'est-à-dire l'Être absolument
libre en face de la Nature, et l'Être capable d'amour
et de justice infinis.

De même le Stoïcisme, tout en inclinant vers
l'existence d'une Intelligence, d'une Raison suprêmes créant et régissant les choses, le Stoïcisme,

si Dieu n'est pas, si le hasard seul, si l'absurde mènent toutes les rencontres d'atomes, se réserve de recréer le monde humain, en lui imposant la justice et l'ordre, l'eurythmie parfaite qui lui manquent.

« Si tout vit au hasard, dit Marc-Aurèle, toi du moins n'agis pas au hasard. » Je veux de même offrir en ce livre un espoir et un refuge aux âmes qui perdraient leur foi. J'espère leur pouvoir démontrer — et ainsi les faire revivre — qu'une religion, qu'une morale très pure et très haute peuvent subsister encore, quand nulle croyance ne semble plus subsister, qu'une clarté peut jaillir encore, quand toute clarté semble éteinte. Or je crois bon et prudent, comme en ces traversées sur l'océan où des précautions sont prises et des secours mis à la portée des passagers en prévision du naufrage, je crois bon et prudent qu'en vue de la perte possible de cette foi qui toujours nous porte, on ait les secours d'une morale, d'une religion sans révélation surnaturelle, et qui soit, comme la science, une révélation de la seule raison humaine.

Mais, tout cela, dira-t-on, ne sera bon longtemps que pour une élite; la foule comprendra-t-elle, et suivra-t-elle?

Je n'ose l'espérer en effet : et aussi je tiens pour

médiocres ou criminels les hommes qui brutale-
ment veulent détruire la foi ou l'e--eur dans les
âmes, révolutionnairement imposer l'athéisme à
un peuple, au lieu de le laisser perpétuellement
s'enivrer, comme il est nécesaire, de rêve et d'idéal.

La nécessité parfois magnifique de l'illusion,
de l'erreur, quand elles sont sublimes et sont bienfaisantes, — et elle pourrait du reste n'être que
transitoire, — fait donc partie de ma doctrine.

Ainsi je ne crains pas certaines erreurs, si elles
sont généreuses et glorieuses, mais je montre
aussi que je ne crains pas la vérité, puisque je
demande et veux qu'on la regarde en face, toute
redoutable qu'elle puisse être, afin qu'on se dé-
cide ensuite, héroïquement peut-être.

L'idéal est aujourd'hui en nous, qui s'impose à
nous *par sa seule beauté*. En effet comment refuser
d'agir, en vue de ce qui serait l'eurythmie, le bien
et la joie?

J'ai dénommé la doctrine que j'expose ici le
pessimisme ou le *nihilisme héroïque*, puisqu'elle
aboutit à l'héroïsme d'une âme, qui sans rien espérer et sans souci d'aucune récompense ni même

du triomphe final, vit dans l'Idéal et pour lui. Et cette âme, recevant parfois plus d'énergie encore de sa désespérance même, pourra s'élever jusqu'à cet orgueil des vaincus, tombant victimes d'une force invincible sans doute, mais qu'ils sentent inique et absurde.

Erimus sicut Deus : oui, si nous appelons Dieu l'Infini vivant, nous sommes déjà pareils à lui, qui est troublé, inquiet, imparfait comme nous. Mais nous serons encore ce qu'il n'est pas, ou ne semble pas être, pareils au *Dieu que l'homme avait rêvé*, le Dieu d'absolue bonté, d'absolue justice, ce Dieu invoqué par tous les saints, et par Socrate, et par Platon, comme par les védandistes hindous : *erimus sicut Deus*.

En ce point de l'univers, qui est la conscience humaine, s'est donc éveillée un jour la révolte contre le mal universel: c'est la révolte du Bouddha, du Prométhée, de quelques stoïciens.

En cette conscience alors est née la conception d'une vie nouvelle, d'une *création nouvelle :* et tout homme depuis ce jour est tenu de coopérer à ce grand œuvre, la formation d'une humanité plus

haute, l'épanouissement magnifique en tous sens
et l'idéalisation de la vie.

Or n'est-ce pas là comme une œuvre *divine?*
Erimus sicut Deus.

Une noblesse s'est donc formée depuis des siècles, une aristocratie (οἱ ἄριστοι, les meilleurs) en
cette misérable et vile humanité, et il s'agit pour
chacun de nous d'être ou de n'être pas avec elle.
*Oui, l'Idéal aujourd'hui s'impose à nous, et nous
oblige,* comme il est *obligatoire,* depuis que la
distinction s'est faite, entre la brute et l'homme,
d'être l'homme et non plus la brute.

Mais il est plusieurs sortes d'idéals et qui ont
leur hiérarchie.

L'homme aujourd'hui a le devoir d'aimer le beau
et « le beau est ce qui plaît au patricien honnête
homme », a dit J. de Maistre, c'est-à-dire à
l'homme ayant atteint ou près d'atteindre son développement supérieur, à l'homme ayant conquis,
par la sélection et l'éducation de plusieurs siècles,
avec des sens supérieurs, la conscience et la science
des r,thmes supérieurs. Le sauvage, resté voisin
de l'animal, ne perçoit pas certaines harmonies de

couleurs ou de sons, certains accords parfaits, producteurs d'une beauté parfaite.

L'homme moderne — je l'oppose à l'homme primitif — en possession d'un cerveau, dont les sens ont été perfectionnés, affinés par une sélection et une éducation si longues, saisit, doit saisir ces harmonies, ces accords ; et l'insolente définition de J. de Maistre a donc sa justesse : j'en sais peu de meilleures.

Cet homme moderne *physiologiquement supérieur*, doit également aimer le bien, c'est-à-dire conformer ses actes à des règles nécessaires, créatrices dans la vie individuelle, comme dans la vie sociale, d'harmonie, d'ordre, de beauté. Donc « vérité en deçà des Pyrénées, erreur au delà », veut dire le plus souvent ceci : vérité pour les hommes parvenus à ce développement supérieur, erreur pour les autres ; et la notion de justice, par exemple, serait moins relative elle-même que quelques esprits le voudraient prétendre, puisqu'elle s'impose, presque absolue, à toute intelligence un peu haute.

Des sceptiques ont dit ou pensé : Après tout, la frivolité, le vice ou le crime, parés d'élégance, valent peut-être autant que la vertu. Ces sceptiques n'oseraient dire : il est bien d'être un homme, mais peut-être aussi bien d'être une brute. Or c'est en réalité ce qu'ils déclarent, car la distance de l'homme à la brute est justement celle de la conscience à l'inconscience, d'un cerveau moderne au cerveau rudimentaire du primate ou du sauvage d'aujourd'hui, celle du droit à la force, celle de l'égoïsme à l'esprit de solidarité, de dévouement, de sacrifice.

Ainsi l'idéal désormais s'impose; et celui qui adore son *moi*, qui ne vit qu'en lui et pour lui, représente dans l'humanité présente l'homme de jadis, l'animalité inférieure. Il n'est qu'un malfaiteur, même quand il ne vole ni ne tue, ce qu'il fait quelquefois du reste, sans qu'il le croie ou s'en doute.

Noblesse oblige. Cette devise est celle du pessimisme tel que nous le comprenons, de cette doctrine qui a constitué sa noblesse par le seul mépris transcendant ou l'horreur qu'elle a eue un jour de l'humanité et du monde. Par sa vue si nette et scientifique (voyez Darwin) de l'univers et de l'homme, le pessimisme, en reconnaissant le mal et en le repoussant, a créé la religion du bien; en

constatant l'infamie de la force, a créé la religion
du droit ; en s'émouvant de la douleur des êtres, a
créé la religion sublime d'où sortira la justice de
l'avenir, la religion de la pitié.

Ce pessimisme fait dès lors appel à tous ceux
qui travaillent et qui luttent pour la conquête
d'une vie supérieure : il fait appel aux savants qui
poursuivent le vrai, et, par les applications de la
science, triomphant des fatalités physiques, domp-
tent la nature, créent comme elle, vaincront
bientôt la mort, mettront fin du moins à ce qu'il
est permis de nommer les assassinats de la mort.
Il fait appel aux artistes et aux poètes, qui, parmi
les laideurs et les vulgarités communes, rêvent un
univers de visions et de formes pures, ou qui sont
la parole consciente d'un océan d'âmes inconscientes et muettes, et traduisent magnifiquement
notre angoisse en face de l'énigme du monde.
Enfin et surtout il fait appel aux héros et aux
saints, parvenus à cet état d'humanité si haute
qu'ils donnent leur vie pour tous, sentent que
l'individu n'est grand, fort et durable que s'il fait
sa vie et son âme unes avec la vie et l'âme de la
patrie ou de l'humanité, et participent de la sorte
à l'existence plus large, à la durée plus longue de
cette patrie ou de l'humanité. Or je crois que dans

la hiérarchie de l'idéal, et au seul point de vue esthétique, le héros ou le saint sera placé un jour au-dessus du poète ou de l'artiste; car se vaincre soi-même est plus difficile et plus rare que de vaincre et pétrir la matière : car faire son âme très pure et très belle dépasse à mes yeux toute autre création artistique.

« Le soleil, les astres sont moi », dit une parole hindoue, et je répète ce qui est l'idée profonde de ce panthéisme pessimiste: oui, notre chair est consubstantielle à la Substance infinie, notre pensée, notre âme à la Pensée vague à l'Ame vague des choses. Le *moi* fini identique au *moi* infini, est bien fait à son image, la partie, identique au Tout, en est bien l'image; et c'est pour cela qu'imparfaite comme lui, elle voit, comme en lui, se mélanger en elle tant de misère et de grandeur, tant de nuit et de clarté, tant de douleurs et de joies. Mais elle peut, ce qu'il n'a su faire, créer pour une heure, et qui ainsi devient sublime, l'absolu dans le beau, dans la justice et le bien. Or ce qu'elle peut accomplir en ce sens, *elle le doit;*

et le rêve humain sera plus pur alors que le rêve des choses.

Donc, si la science future ne retrouve pas Dieu, qui devrait être la justice immanente au monde, du moins nous créerons le *divin*; et nous aussi de la nuit chaotique nous ferons jaillir la lumière!

Contrairement aux sophistes, qui ne voient que la fatalité, toujours pesant sur la destinée humaine — et seule l'infirmité encore de la pensée moderne empêche de répondre à certains sophistes — nous voyons donc la volonté de l'homme triomphant parfois de cette fatalité. A ces sophistes nous montrons l'histoire, qui n'est que la longue succession des victoires de l'homme sur les tyrannies de la Nature ou de l'homme.

Et de la sorte, à côté de la sombre réalité du monde, j'en vois une autre, lumineuse. En effet, si du milieu de ces brutes et de ces carnassiers qui furent nos pères, ont pu surgir des héros et des saints, si en dépit de la Nature, de son amoralité, de ses oppressions, quelques êtres se sont élevés jusqu'à l'amour désintéressé, jusqu'à la conception sublime de la vertu, de la justice, du beau pur, j'en conclus que la création d'une cité idéale, d'une cité *divine*, d'un *cosmos* au sein de la création naturelle est possible; je dis que nous pouvons encore, et comme eux, résister à la Nature, être libres malgré ses lois, constituer un règne humain supérieur, et que nous *devons* dès lors ce qu'il nous est donné de rêver ainsi et de vouloir.

Et nous fonderons de la sorte *un lien*, une *religion* entre les hommes, capable de réveiller à nouveau quelques enthousiasmes: religion de désespérés peut-être, mais de désespérés héroïques, et qui ainsi se rapprocherait quelque peu du stoïcisme, surtout de la doctrine des premiers bouddhistes.

Rien n'est simple, tout est *étrange*, tout est mystérieux, incompréhensible : un fond d'inconnaissable est dans tout, et le sage, loin de ne « s'étonner de rien, » doit donc s'étonner toujours et de tout. Si nous ne voyons plus en effet un perpétuel miracle en toutes choses, comme les hommes des temps védiques, c'est que nos sens, émoussés par l'usage, se sont habitués au miracle Mais le vrai poète et le vrai philosophe sont ceux chez qui subsiste le sens *religieux* des choses, et qui perçoivent encore le prodige, le fond caché sous leur surface, le mystérieux abîme sous les apparences.

Dans l'éducation que, d'après Platon, l'État doit donner aux citoyens (ce qui est une des erreurs de sa *République*, l'État jamais ne devant enseigner, et pas plus de nos jours qu'aux temps de Louis XIV ou de Napoléon), il y a du moins cet admirable précepte que la musique, c'est-à-dire la science des rythmes, doit présider, avant la gymnastique elle-même, à l'éducation générale. La gymnastique fortifiera les corps; la musique, « l'obéissance aux Muses », réglera et ennoblira les âmes. Mais Platon sent le péril des poètes et des artistes, et il condamne et veut chasser certains d'entre eux de sa République.

Quand on parle de l'art et de la poésie, comme honorant un peuple et contribuant à sa gloire et à ses progrès, il faut savoir en effet de quel art et de quelle littérature il est question. Car tel art et telle littérature peuvent l'empoisonner, et devenir des causes de sa décadence et de sa mort.

Platon distinguait justement deux modes de musique, et ces deux modes se retrouvent en tout art, comme en toute poésie. Il repoussait parmi les musiques la Lydienne et l'Ionique, nommées « harmonies lâches », qui ne peuvent convenir à l'éducation de guerriers (des héros, des citoyens de sa République idéale) ; et il recommandait le mode Dorien et le Phrygien, « l'un fort, et qui rend les sentiments d'un homme de cœur, soit au combat, lorsqu'il vole au-devant des blessures et de la mort, soit lorsqu'il est assailli par la Fortune et reçoit fortement et sans plier ses coups ; l'autre, plus tranquille, répondant à l'action paisible, à l'état d'âme du sage heureux. »

Cette distinction du grand philosophe reste toujours à faire, mais qui la fait ? Et ne voit-on pas confondre dans « la religion de l'art », qui n'est guère plus respectable, ainsi comprise, que « les droits sacrés de la passion », tous les genres, tous les modes, le mode dorien ou phrygien, celui des Bach, des Beethoven par exemple et les modes Lydiens ou Ioniens de certains autres. Or dans tous les arts, et en littérature, la même distinction, je le répète, se peut et doit faire. Il faudrait que l'éducation esthétique ou littéraire fût *dorienne ou phrygienne* surtout et d'abord, pour que fortifiées par elle, les intelligences et les âmes fussent moins dangereusement affectées par les modes *Ionien et Lydien*.

Coupable, selon moi, le poète qui en présence de toutes les laideurs, de toutes les abominations de ce monde, de tout son état chaotique, s'en désintéresserait, pourrait vivre sans en souffrir, ne ferait pas œuvre de *poète* encore, c'est-à-dire de *créateur* (ποιητής), pour recréer le monde selon les rythmes nécessaires du juste ou du beau idéal.

L'esthétique morale ou l'éthique.

Toute ambition n'est respectable et belle qu'à proportion de ce qui entre de désintéressement en elle. Il est regrettable que ce mot s'applique également à deux sentiments si divers, l'un pur et noble, l'autre qui l'est moins ou ne l'est pas, souvent est vil ou criminel.

Nous devrions tous, à un certain moment, nous demander : Ai-je travaillé à l'œuvre universelle? Ai-je vécu dans la « communion des saints », des hommes d'amour et de bonne volonté, de ceux en tous pays et en tous temps qu'a illuminés, soutenus, exaltés la foi en l'Idéal? J'ai reçu la vie : l'ai-je transmise? De mes ancêtres, j'ai reçu ma santé, ma force : ai-je transmis la santé, la force? Ai-je vraiment fait mon devoir? Même incertain du succès final, ai-je vaillamment toujours agi et combattu? Ai-je soutenu les défaillants, entraîné par l'exemple ceux qui reculaient ou hésitaient? Par ma volonté, par mes efforts, si faibles qu'ils aient pu être, aurai-je contribué aux victoires de l'avenir? J'ai aimé passionnément la vérité, la justice; mais mon amour souvent n'a-t-il pas été lâche, moins en actes qu'en pensées ou en paroles? Ai-je été frivole, ou religieux, c'est-à-dire anxieux sans cesse de la destinée humaine, et malgré mes doutes ne doutant pas du moins qu'un devoir ne restât, celui de venir en aide à tous ceux qui invoquaient mon aide, ou sans l'invoquer avaient besoin d'elle? Ai-je en l'ensemble de ma vie fait œuvre d'homme, sérieux et probe? Ai-je accru la somme du bien accompli et durable ? —— tout le reste, mots vains, bruit vain, littérature...

La Famille, la Patrie, l'Humanité.
Les devoirs envers tous les êtres.

La richesse, la puissance, la gloire de la patrie sont en grande partie l'œuvre des plus humbles parmi ses enfants, celle de l'artisan, du travailleur, du soldat obscurs, celle de héros inconnus dont nul ne parle, ne parlera jamais, restés silencieux dans la vie, comme ils le resteront dans la mort. Et *l'Imitation* a raison, disant, ou à peu près : « que de pauvres paysans, qui servent bien la terre et leur pays, pour lui valent mieux souvent que tant de philosophes superbes », et j'ajouterai de littérateurs et de rhéteurs illustres, de gens officiels très glorieux.

La démagogie, c'est la revanche, c'est le retour momentanés de la bête humaine primitive; c'est le déchaînement de sa brutalité, de sa *bêtise* originelles; ce sont triomphants ses instincts très bas, son envie, sa haine de toute supériorité, son imprévoyance, son infatuation de sauvages que rien ne trouble, et son amoralité, et ses fureurs inconscientes, stupides et terribles comme les fureurs de la mer ; c'est toute licence laissée à des crimes, monstrueux parfois. N'importe, il faut de temps en temps refaire connaissance avec elle, afin que cette humanité médiocre réapprenne la nécessité et la sainteté des lois justes, et sente à nouveau, en leur obéissant pour demeurer libre, la grandeur de cette servitude.

L'homme a créé, ou a voulu créer la liberté, l'égalité, la fraternité contre les intentions de la Nature, qui certainement avait institué l'inégalité, la haine, la guerre entre les êtres, et qui rarement les fait libres. La Révolution fut donc une révolte moins contre les hommes que contre elle. Et c'est, depuis la Révolution, la résistance des lois naturelles, qui, avec d'autres causes, fait que la liberté, l'égalité, la fraternité ne s'épanouiront guère d'ici à très longtemps que sur nos murs.

J'ai connu deux grands socialistes, dont je continue à vénérer la mémoire, bien qu'ils soient généralement dédaignés des socialistes plus récents. L'un était millionnaire, et logiquement, et simplement il abandonna tous ses biens ; l'autre était pauvre et n'ayant que sa vie à donner, il la donna, d'une façon très simple aussi, tragique et belle. L'un et l'autre du reste n'ont qu'incomplètement réussi ; et ils apportaient cependant une partie des vérités nécessaires pour la solution de toute question sociale. Dans leur parti, on en parle peu ; beaucoup même les repoussent ou les oublient vraiment trop. L'un s'appelait Bouddha et l'autre Jésus ; et je tiens encore à les honorer.

L'Évangile de l'avenir prêchera certainement à nouveau l'idéalisme et le mépris des richesses, et il enseignera un art d'être heureux, qui saura peut-être se passer d'elles. Tout concourt déjà, grâce à la science, à l'industrie, au commerce, pour qu'il devienne possible de largement distribuer à la multitude certaines des jouissances les plus hautes, certaines des jouissances intellectuelles et esthétiques par exemple, jadis fort coûteuses, et qui ne le sont plus ou le sont bien moins aujourd'hui.

Mais j'ajoute et reconnais qu'il faudrait en même temps donner à cette multitude l'intelligence et l'âme capables de les savoir goûter.

Ceci appartient à un autre ordre d'idées et est plus grave : les hommes d'argent, qui aujourd'hui sont les maîtres du monde, qui font la guerre et font la paix, qui, plus puissants que les Empereurs, les rois, les peuples, sont lâchement obéis d'eux, et pour qui aussi le seul droit est la force, et qui se sont mis au-dessus des lois, de la loi du Christ comme de toute loi humaine, au-dessus de ces deux lois éternelles par exemple : « tu ne dois pas tuer ni voler », tous ces marchands du Temple seront quelque jour eux-mêmes chassés du Temple. La malédiction des prophètes et du Christ contre Mammon (le Dieu de l'or chez les Sémites de Syrie) sera entendue de nouveau. Toutes ces aristocraties ou royautés de l'argent, nées d'hier, si corruptrices et corrompues, auront à leur tour leur 89, sinon leur 93, et ce sera moins alors la guerre contre le capital, qui *a le droit d'être* étant du « travail accumulé », que contre ses accaparements, dont

quelques-uns sont des vols; et ce sera le retour à
la justice et à la vérité économiques, et ainsi à
certaines idées, que prêchèrent jadis le Bouddh
le Christ, et ce socialiste Saint François d'Assise,
le mystique époux de la pauvreté.

Le suffrage universel n'a fait qu'aggraver la stupidité des foules, en leur laissant croire qu'elles
pensaient.

Et il faut qu'il soit cependant, ne serait-ce que
pour démontrer la nécessité, l'urgence de l'éducation, qu'à tout prix il faut donner à cette pauvre et
folle multitude.

La ploutocratie prépare peut-être une domination
plus écrasante encore pour les foules de l'avenir, et
plus menteuse et plus abêtissante — par les sug-
gestions de la presse, qu'elle tiendra toute en son
pouvoir — que ne le furent jamais celles des aristocraties ou autocraties, dont les origines de
l'autorité étaient du moins de belles énergies
humaines, de nobles volontés de puissance.

Je suis un aristocrate, c'est-à-dire que j'estime assez peu, comme tout darwiniste le doit faire, l'opinion du nombre, du troupeau humain, de la *médiocrité* de la *moyenne*, de tout ce qui commande aujourd'hui, et que, seuls, les *meilleurs* ont à mes yeux le droit de diriger le troupeau et de gouverner.

Cette opinion des foules, qui semble avoir force de loi désormais, et aussi en littérature et en art, je la prise donc toujours et depuis longtemps ce qu'elle vaut.

Mais parce que je suis tel, un aristocrate, je dévouerai ma vie à cette démocratie, et à l'amélioration de la vie misérable, que vivent les foules populaires.

Le grand fait du siècle est peut-être que l'humanité tout entière a passé de l'inconscience, où elle avait jusqu'ici à peu près vécu, à la pleine conscience de sa vie et de la vie des choses. *Le divin Inconscient est mort* : ce cri pourrait retentir au-

jourd'hui, comme celui qui fut entendu, à la fin de
l'Empire romain, clamant sur un rivage de la mer
la mort du Dieu Pan, c'est-à-dire du paganisme
antique.

L'humanité, dans ce siècle, est donc arrivée à la
conscience, comme l'homme jeune, qui, au sortir
de l'enfance, découvre soudain la vie, apprend à la
connaître et à se connaître lui-même. L'humanité,
dans ce siècle, a fait l'inventaire de tous les docu-
ments, qui lui révélaient son histoire; elle a reconnu la vanité de bien des fantômes, jadis adorés
d'elle, tout en continuant à en adorer d'autres, ceux
par exemple que Bacon nommait *idola fori*. Son
regard a parcouru l'Infini qui l'entoure, et elle a
pris connaissance de ce Tout formidable, comme
elle l'a fait de sa vie propre. Et ainsi l'Inconscient
ne règne plus, ou désormais régnera moins sur elle.

Une pensée nouvelle, un cœur nouveau se forment en nous, cœur et pensée qui vibrent à chaque vibration transmise de tous les points du
monde. Je souffre aujourd'hui avec des combattants
qui luttent pour la justice à 2000 lieues de moi,
et qui ne sont pas de ma famille, de mon peuple.

Et voici que les anciens instincts font place à des
idées conscientes; voici qu'en la femme s'affaiblis-
sent quelque peu ceux de la femme et de la mère;

et à mesure qu'elle pense davantage, elle se veut affranchir de leur nécessité. L'humanité, chose neuve, songe à diminuer partout sa natalité, excessive aujourd'hui, et qui devient dangereuse, aggravant la lutte pour la vie.

Et serfs, prolétaires, ouvriers de la mine ou de l'usine, tous, plus ou moins, se rendent compte de tant de choses qu'ils ignoraient ; tous se font conscients de leurs droits, en attendant qu'ils le soient aussi de leurs devoirs ; tous s'éclairent, discutent, se révoltent.

Aucun peuple ne reste plus à l'écart de la grande vie générale. Les peuples qui ne se connaissaient pas, se connaissent aujourd'hui, et luttent sciemment entre eux pour la concurrence vitale.

Et par les prodigieuses découvertes de Pasteur, nous avons su pénétrer en un monde obscur, inconnu, celui des êtres invisibles, par qui nous vivons, par qui nous souffrons et mourons. Ce royaume de l'invisible, la science l'éclaire et le scrute de toute part.

L'inconscient ne domine donc plus dans les rapports de l'homme avec la Nature, comme de l'homme avec l'homme, ni de l'homme avec lui-même. Nous obéissons moins à la Nature, nous lui commandons davantage ; affranchis d'elle, nous la jugeons, et en la jugeant, nous, ses fils, jadis ses esclaves résignés, nous la condamnons parfois et refusons de nous conformer toujours à sa loi.

C'est enfin le conscient, la science, c'est-à-dire la raison, ce n'est plus l'inconscient, qui gouvernera dans l'avenir.

Et de partout, de chaque nation sort donc une volonté, un effort général, dont la puissance est vraiment sans limites, et qui prépare l'amélioration des races, travaille au développement des énergies humaines, veille à la protection de la vie, même de la beauté sur la terre.

Et comment, après la vision désormais très nette de tout le désordre et de tout le tragique de la vie, l'humanité n'aboutirait-elle pas plus ou moins au triomphe nécessaire de la justice et de l'ordre ?

Oh ! que signifient, en cet univers sans tendresse, et trop souvent sans beauté, ces visions de beauté, ces souffles de tendresse, ces baisers par moments que nous donnent les choses ? Et comment donc sont-ils, ces mondes de rêve et de douceur, ces royaumes des fleurs, des papillons féeriques, des étincelants oiseaux-mouches, royaumes étranges et adorables,

tels que celui de Titania? Et en cet univers sans
tendresse, d'où viennent les consolations de ce
monde humain, le divin baiser maternel, et la
caresse des yeux et des lèvres, et les larmes de joie
et de tristesse, les larmes chaudes comme un
orage d'été, sein contre sein, cœur contre cœur?

Nous sommes devant la Nature, comme Hamlet
devant sa mère : nous la jugeons et nous la condamnons, et pourtant nous lui pardonnons aussi,
comme Hamlet à un moment pardonne, saisi de
piété filiale ou seulement d'immense pitié humaine
devant la vision, qui lui est soudainement apparue,
de tout le chaos des choses. Et nous, qui voulons
ce qu'elle n'a pas voulu et voulons plus et mieux
que ce qu'elle a voulu, nous aussi nous réconcilierons
avec elle, pour tenter de réparer son mal, autant
qu'il se peut réparer. Et quoi qu'elle fasse et qu'elle
ait fait, nous nous rappellerons qu'après tout nous lui
devons la vie, si nous lui devons la mort, la vie
avec ses souffrances, ses angoisses, avec ses misères
et ses crimes, avec tous ses mensonges, avec tout son
néant, mais aussi avec quelques splendeurs, quelques illuminations fugitives, et quelques tendresses

caressantes, et le vague amour d'Ophélie, et ces sentiments de miséricorde et de justice qu'elle, inconsciente, ne connaît pas, ou qu'elle ne connaît que par nous, et qui en nous sont nés de notre rébellion contre elle.

Le rythme.

Voici l'une des joies profondes accordées à notre esprit et à notre âme : la perception du rythme, du rythme qui est en toute chose, dans le cristal, dans la plante, dans l'arbre, dans l'enroulement des feuilles autour de leur tige, et dans leur symétrie le long d'elles, ou dans le diaphragme de la fleur, du rythme qui est toute en forme animale, depuis les radiolés, jusqu'à la mystérieuse cristallisation de l'éponge, jusqu'au rythme symétrique aussi, — ou tel qu'une mélodie se déroulant, pour revenir à son point de départ, — celui d'une belle forme humaine. Oui, divinement heureux celui qui perçoit tous les rythmes, et après ceux de la nature, ceux de l'art, ceux de la musique, de la danse de la sculpture, et de l'architecture, — sorte de musique grave, avec ses vides et ses pleins, comme des longues et des brèves, — et ceux de la poésie, et celui-là surtout, le rythme supérieur, auquel se doit soumettre une âme noble, de la sagesse gouvernant sa vie, ainsi que l'entendaient les Grecs, à qui le Bien et le Beau paraissaient identiques.

En tout, je vois un rythme qui tend vers la beauté mais qui trop rarement la produit; et la perception de ce rythme, plus ou moins apparent dans les choses, par instants, rassure et donne une jouissance infinie, à laquelle se vient mêler cependant une certaine souffrance ou mélancolie, celle du besoin insatisfait de beauté *parfaite en toutes choses.*

Dans l'idéal est la réconciliation de l'homme et de la Nature, mais après que la notion de l'idéal les eut séparés d'abord, eut suscité, excité contre elle la révolte de l'âme humaine.

La grand problème est celui-ci, et Ch. Richet

l'a posé et cru résoudre : *chercher dans la nature une preuve indéniable de finalité, et la science alors aura retrouvé Dieu*, c'est-à-dire une Intelligence créatrice, l'Intelligence, le *Nous* d'Anaxagore, un Dieu qui cependant resterait incompréhensible toujours, puisqu'il nous semblerait injuste et sans amour, aussi imparfait que sa création.

Mais l'humanité, ayant rêvé et créé la justice, saurait peut-être désormais, moins difficilement qu'autrefois, se passer d'un Dieu juste.

Et le beau, nous le voulons partout et en tout. Et nous arriverons à la culture intensive et magnifique de la terre, comme le rêvaient les Iraniens. Nous reprendrons ainsi l'agriculture héroïque, la fécondation de toute la Terre, non plus ennemie, non plus hostile, mais vaincue, pacifiée, aimée par l'homme.

Et l'avenir, de plus en plus, verra la réconciliation, l'hymen de l'homme et de la Nature, et ainsi l'harmonie du rêve et de la réalité, de l'idéal et de la vie.

La vie héroïque.

Cette vie est si misérable et si plate, que tout homme vraiment homme doit la vouloir exalter, ennoblir, diviniser même, pour la faire digne d'être vécue.

Il faut avoir ce courage et cette force de tout regarder sans peur, même le néant, de résister au vertige et de faire toujours acte d'homme, et par la hauteur de sa conscience morale de vouloir ressembler à ce Dieu d'absolue perfection, qu'avait su rêver l'âme humaine.

Il faut vivre, comme si l'on ne pouvait mourir, « avec de grands espoirs et de vastes pensées »; il faut participer en sa vie éphémère à la vie éternelle, infinie; il faut se faire un avec tous, sentir vibrer son cœur avec le cœur du monde; il faut percevoir du monde tous les mouvements, tous les frissons, toutes les joies, toutes les douleurs. Et l'homme moderne le peut enfin ! N'est-il pas par le lien de sympathie, et par les conquêtes de la science, et par le réseau électrique, système nerveux de la planète, en communication aujourd'hui, partout et à toute heure, avec l'immense vie générale? Le son de la plus lointaine souffrance, de la plus lointaine injustice, mais aussi celui des joies, et de toutes les victoires de la justice et de la vie, quotidiennement, sans cesse, par delà les mers, les plaines et les montagnes, viennent retentir en mon âme. Oui, la vie de tous les êtres a désormais sa résonnance en moi, et je sens perpétuellement vibrer, trembler de douleur ou de joie cette âme, qui plonge et palpite ainsi en l'immense océan des âmes.

Et il faut vivre aussi, comme si l'on allait mourir, se hâter dès lors, ne pas remettre à plus tard le bien, l'œuvre de vertu ou de beauté que l'on veut accomplir; il faut agir sans perdre une heure; et s'enivrer de tout ce qui enivre, vivre d'admiration, d'enthousiasme, d'amour...

Que toutes les pensées généreuses, que toutes les volontés généreuses éparses dans les esprits et les âmes, et d'abord en ceux des héros et des saints soient en toi ! Avec tous les grands cœurs, avec tous les hommes de bonne volonté, dans le présent ou le passé, avec tous ceux qui vaillamment agissent ou ont agi pour le triomphe du bien et du beau, agis, hâte-toi d'agir ! Que ton esprit, ton âme s'unissent aux esprits et aux âmes qui ont rêvé ou rêvent une humanité nouvelle, et qui ont préparé ou préparent une répartition plus équitable et plus large des vraies Joies et des vraies richesses !

Que l'Idéal soit offert par une révélation, ou que, créé par nous, il ne soit qu'en nous, — comme une protestation de la conscience humaine contre un monde qui lui apparaît sans idéal, sans ordre et sans but, — il oblige aujourd'hui tout homme, vraiment homme,

L'ART NOUVEAU

L'Art nouveau [1]

Une idée glorieuse, à l'honneur, je le reconnais, des organisateurs ou de l'un des organisateurs de l'Exposition, a été d'avoir fait de la Seine le décor principal et central de cette ville de rêve, qui s'est élevée un moment sur ses bords. Je les félicite ou le félicite d'avoir compris l'incomparable beauté de ce fleuve, certainement le plus beau entre ceux qui traversent les capitales de l'Europe. Pour quiconque s'occupe et se préoccupe de l'esthétique des villes, il y a deux merveilles à Paris, il y a la place de la Concorde, avec la perspective surtout qui s'étend vers l'Arc de Triomphe, et il y a la Seine depuis le pont d'Austerlitz jusqu'au Point du Jour. Pascal a dit : Les fleuves sont des chemins qui marchent. Nulle voie qui marche, nulle voie au monde et pas même l'antique voie triomphale

1. *Lemerre*, éditeur, un vol. in-12.

la *Via Appia*, n'égale, n'a égalé la gloire de notre Seine. La Néva est superbe, et superbe aussi la Tamise le long du fier Parlement d'Angleterre, mais l'une et l'autre, trop larges, n'ont pas la proportion parfaite de notre Seine adorable, si française encore par cette juste proportion elle-même, si charmante en sa grâce fuyante. Verte ou bleue, comme ne l'est pas la Tamise, comme seule l'est la Néva, elle est, plus qu'elles deux, vivante, frissonnante, animée tout le jour. Et la nuit, elle est l'émerveillement, la joie des aquarellistes et des peintres avec ses reflets multicores, ses vagues colonnes lumineuses qu'en la moire sombre de ses eaux projettent et font trembler, zigzaguer, les yeux verts ou rouges de ses *mouches*, ou les lanternes de ses ponts.

La Seine est bien l'honneur de nos paysages parisiens. Aussi, ce paysage encore, le faut-il défendre avec une piété vigilante, comme une Société qui se crée va protéger nos forêts, nos rochers, nos montagnes. La municipalité parisienne, qui semble avoir enfin, c'est presque nouveau, des préoccupations artistiques, qui commence à comprendre qu'il existe une esthétique des villes, et que leur beauté importe à leur prospérité, que leur patrimoine de beauté est bien pour elles une richesse,

aura certes beaucoup à faire, car il s'agit de
s'opposer, et avec fermeté, à l'enlaidissement de
Paris, qui se continue, s'aggrave, sera irréparable
si d'énergiques volontés et de justes réglementations
n'interviennent. Eh bien, je voudrais qu'au moins
et d'abord l'on respectât la Seine, qui a déjà au
long de ses rives Notre-Dame et la Sainte-Chapelle
(et Notre-Dame et la Sainte-Chapelle, à mes yeux,
valent le Parthénon), et qui a le Louvre et la Place
de la Concorde, la Seine, œuvre d'art étonnante,
comparable au Grand Canal de Venise, mais
combien supérieure au Grand Canal lui-même,
puisque l'eau de Venise est morte, et que celle de
la Seine est vivante, et non seulement de la vie du
présent, mais de toute celle si glorieuse et si passionnée du passé. Qu'aucune laideur n'ait donc
la possibilité de se dresser ou de s'établir sur ses
bords; et pour cela qu'ils aient leur législation
spéciale, comme la Place Vendôme, comme la Place
des Vosges, comme la Place de la Concorde et les
Champs-Élysées, je l'espère, ont ou auront leur législation, leur réglementation particulières. L'heure
est venue, en effet, de ces préoccupations, et de ces
combats à livrer, que commencent du reste à enga-
ger beaucoup de vrais Français et de vrais Parisiens, pour le beau, et pour la patrie, grande ou petite.

L'Art nouveau au point de vue social.

Et maintenant je voudrais dire pourquoi ce mouvement d'art nouveau m'intéresse passionnément. C'est que j'espère qu'il parviendra jusqu'au peuple, jusqu'à l'immense foule populaire, en ce moment sans doute indifférente à lui, mais dont peut-être il renouvellera et illuminera un jour l'existence trop souvent encore sans clarté.

Or, nous y avons un pressant intérêt, nous, les fidèles, et les fervents de l'art, l'intérêt qu'avait à baptiser les barbares, submergeant le monde antique, l'Église gardienne alors de la civilisation, de la culture supérieure gréco-latine, ou l'intérêt qu'en face d'une épidémie menaçante, nous avons à en protéger surtout les quartiers pauvres et à les purifier au plus tôt. L'avènement, la marée montante de la démocratie, de ces foules aujourd'hui sans goût, sans éducation, et inconscientes comme insouciantes de tout idéal, est pour l'art un très grand péril. N'a-t-on pas, en certains pays démocratiques, l'impression attristée que chez eux déjà il a subi depuis un siècle l'influence de ce milieu nouveau, comme barbare?

Nos démocraties modernes triomphantes sont certainement pour lui un milieu plutôt défavorable et funeste, ces démocraties ne ressemblant en aucune façon à celles d'Athènes, de Florence, de Venise. Donc faisons l'éducation du peuple, pour qu'il ne fasse pas ou ne défasse pas la nôtre; car darwinien toujours, je répète que le nombre dont on veut aujourd'hui faire le maître, le législateur, le juge sans appel, le nombre, c'est la médiocrité toujours, quand ce n'est pas moins encore. Au temps de l'inconscient, du *divin inconscient*, comme l'ont dénommé quelques-uns, il y avait un art populaire, parfois excellent, il y avait une musique, une chanson populaires, qui émeuvent encore certains d'entre nous jusqu'aux larmes, il y avait des danses et des costumes, et une architecture, et une céramique, tout un art décoratif populaires, auquel très heureusement aujourd'hui beaucoup de nos artistes demandent des inspirations, des modèles. Rien de tout cela n'est plus; le peuple entré dans l'âge adulte a perdu, avec son inconscience, certaines de ses qualités premières, et d'abord il semble, ses dons naturels de création artistique. Il y a là un fait historique — il date de 89 — il y a là une fatalité que je constate; je ne blâme, je ne condamne rien. Mais le peuple ainsi n'ayant plus d'art à notre époque, et ne pouvant, je le crois, s'en recréer un par lui-même, c'est à nous de le lui recréer, de le lui rendre ; or cette tâche est noble, digne d'intéresser de nobles esprits. L'âge d'innocence n'est plus ; un autre âge est venu pour le peuple ; il rêvait jadis, comme l'enfant rêve, plus qu'il ne pense ; il ne rêve plus, et il ne pense pas encore ou pense confusément. Aidons-le à penser, à marcher dans une voie nouvelle ; aidons-le et guidons le ; cherchons à lui rendre le sens de l'art et le sens du goût qu'il a perdus. L'indifférence du dernier siècle pour tout ce qui ne fut pas l'utile, sans plus, le peu de besoin qu'il eut de la décoration, ce goût abominable dont il fit preuve en celle qu'il accepta, cela est vraiment singulier, et se comprend à peine après des époques où l'on parait, ornait, embellissait toute chose, où de toute chose, sans recherche, sans effort, on faisait une œuvre d'art élégante ou charmante. Soudain, — et fut-ce la conséquence de certaines victoires sociales ? — ce fut fini de tous les arts décoratifs, cependant qu'éclatait, même aux yeux les plus indulgents, une décadence navrante de notre architecture.

Donc nous voulons aussi et d'abord l'art pour le peuple [1], puisque un réel abaissement de presque

1. W. Morris a dit avant nous : « L'art doit être fait pour le peuple — et par le peuple, » ajoutait-il, ce que je crois donc impossible aujourd'hui.

tous les arts les plus liés à la vie domestique semble dater de ce grand fait moderne, l'avènement de la démocratie.

Nous irons donc en premier lieu vers lui, et nous prendrons souci de son logement, de sa maison, comme de toute maison qui lui est destinée : école, bibliothèque, institut populaires. L'hygiène déjà, une branche encore de l'esthétique, — car la santé, la propreté sont nécessairement des conditions de la beauté, — l'hygiène déjà cherche à donner ou à rendre à son habitation ce qui lui manqua trop longtemps, l'air pur, le soleil, qui tue les germes pathogènes, la lumière, non moins nécessaire à la pensée ou à l'âme qu'elle l'est au corps. Mais je demande plus : je voudrais partout en ses intérieurs comme aux nôtres, avec la salubrité et le confort, un peu d'élégance et de beauté, de charme qui y retient. Est-ce impossible ? Ne peut-on trouver une formule décorative qui s'applique également à toute demeure, à celle de l'artisan comme à la nôtre ? On le peut, et c'est ce que tentent en ce moment quelques artistes de France et de l'étranger.

C'est qu'en vérité la question sociale, ou une partie de la question sociale, selon moi, se résoudra surtout par des progrès, par des conquêtes

19

semblables, d'apparence le plus souvent fort modeste. Je crois qu'un homme de bien ingénieux et simple, et qui simplement ainsi, sans fracas, vient apporter une amélioration certaine à la vie misérable des classes populaires, fait plus avancer la solution de la question sociale, que la plupart de ces entrepreneurs ou marchands en gros de bonheur public très en faveur auprès du peuple, au fond plus soucieux de leur intérêt que du sien, mais dont l'enflamme assurément et entraîne la forte, et trop souvent stérile ou funeste éloquence.

Je crois que rien ne vaut pour le peuple, en toute la législation socialiste, ces progrès que certains hommes ont su réaliser de la sorte, à Mulhouse, à Lyon, à Paris ou à Londres, en Belgique, en Allemagne surtout, où le socialisme me paraît beaucoup moins rêveur que pratique : et ces progrès, c'étaient la création de maisons ouvrières, celle de restaurants à bon marché, celle d'institutions comme les assurances destinées aux classes populaires, et que sans doute elles dédaignent quelque peu, parce que tout cela est, comme les germes, sans éclat.

Nos premiers efforts devront se porter ainsi vers l'amélioration du logement ou de la maison à bon marché de l'artisan, de l'ouvrier, du petit em-

ployé, et ils devront se porter aussi, avec non
moins d'insistance et d'urgence, vers la question
des nourritures également à bon marché, autre
question grave, et pressante, à mesure qu'aug-
mente la foule humaine, et qu'elle perd l'habitude
ancienne de mourir de faim sans révolte : c'est
encore un problème que je me propose d'étudier;
et que le physiologiste, l'hygiéniste et l'écono-
miste, unissant leurs recherches, résoudront
bientôt; je le crois.

Puis relevons, s'il est possible, la valeur de tous
les objets destinés au peuple et que crée la fabrique, de tous ces modèles navrants et vils, pour la
plupart, puisque la fabrique seule aujourd'hui
fournit au peuple ces objets domestiques, autrefois
et avec tant de charme, ou de beauté souvent,
ouvrés, travaillés, décorés par lui.

Enfin que partout où il entre, depuis l'école
jusqu'à la gare du chemin de fer, ou à la bibliothèque ou au restaurant populaires, il trouve une
décoration sobre et juste, d'un goût excellent et
simple, qui fasse peu à peu, lentement mais sûrement, l'éducation de ses yeux et de son esprit. Et
cela nous importe autant qu'à lui, je l'ai fait comprendre.

Dans les mêmes intentions et préoccupations,

veillons aussi sur l'esthétique de nos villes, et sur ce que l'on a nommé « l'art dans la rue », nous rappelant toujours l'idée si juste de M. de Laborde, « le maintien du goût par l'embellissement de la voie publique ».

Donc, nous pouvons, et nous y parviendrons, je l'espère, améliorer si bien la situation de l'homme du peuple, que l'envie, méritée du moins, ne subsiste plus d'une classe à l'autre (s'il est toujours une distinction des classes), et que tous aient en ce monde leur part à peu près égale, autant qu'elle pourra jamais l'être, des vraies jouissances et des principales nécessités et sécurités de la vie.

En tout cela, en ces digressions mêmes je n'ai poursuivi que des problèmes d'esthétique, et je me suis écarté, moins qu'on le pourrait croire, du but de cette étude.

C'est que tout pour moi, art, hygiène, médecine et morale même, et d'abord la morale, tout n'est qu'esthétique, l'esthétique étant seule peut-être la raison du devoir, et le devoir rentrant ainsi pour moi, selon l'idée grecque, dans la science du beau.

On fait de l'esthétique, en effet, quand partant du pessimisme ou même du nihilisme métaphysique, on tente d'améliorer quelque peu ce monde et cette humanité; on fait œuvre d'art, quand on élève l'humanité de son état d'infériorité, de bassesse, à un état supérieur, l'appelant par une ascension sans limite vers plus d'énergie, de santé, de force physique ou morale, vers plus de connaissance, dût-elle en souffrir, et vers plus d'ordre, d'harmonie, de lumière, vers plus de beauté, et de justice.

Car tout cela se tient, et au fond est une même chose; car l'unité est sous toutes ces variétés, toutes ces manifestations du bien et du beau, c'est-à-dire de l'idéal humain; et tout cela, si c'est un rêve, se peut réaliser cependant, s'étant en partie réalisé déjà.

Oui, rien n'est intéressant ici-bas que l'œuvre d'art, qu'elle soit une œuvre de beauté, ou qu'elle soit un acte de vertu, un acte d'héroïsme accompli, c'est-à-dire de sacrifice pour le bien de tous, ou la solution d'un problème social, c'est-à-dire un acte de justice et d'ordre, ou la solution d'un problème scientifique, c'est-à-dire un acte de science et de vérité.

L'ART SOCIAL NOUVEAU

L'Art social nouveau[1]

(FRAGMENTS DE LA PRÉFACE)

L'Art en tout, à tous et partout.

J'ai écrit depuis longtemps : « Il faut éveiller ou
réveiller, dans les classes populaires, des goûts,
des soucis d'art et d'hygiène, dont elles se passent trop aujourd'hui. L'on connaît les milieux si
souvent sordides et fétides, où tant d'êtres continuent et consentent à vivre : nous devons d'a-
bord et voulons les en faire sortir.

« Il faut aussi qu'un nouvel art social réponde
aux progrès et aux besoins de nos démocraties triomphantes : il faut qu'à l'art du passé succède un art
nouveau, puisqu'à la vie et à la société d'autrefois
ont succédé la vie et la société modernes, et
qu'aux souverainetés de l'Église, de la Royauté,
des Aristocraties, elles du moins si élégantes ou

1. Ouvrage en préparation.

fastueuses, a succédé la souveraineté populaire,
mais dont le règne ne s'est manifesté jusqu'ici que
par une sorte de barbarie artistique, aussi inquié-
tante que navrante.

« Cet art nouveau, répondant aux besoins nouveaux de ces grandes foules démocratiques, devra
de l'ancien cependant garder bien des enseignements, respecter bien des principes et des traditions
nécessaires, et ainsi lui demeurer attaché toujours
par des liens que l'on ne pourrait impunément briser. Au point de vue de l'art, une rupture complète
avec le passé serait aussi funeste que pourrait l'être
également un trop religieux respect de formes, de
formules surannées. »

En songeant à l'art qui se va créer, qui se crée
déjà, çà et là, mais sans la conscience encore de
tout ce qu'il doit être, de tout ce qu'on attend de
lui, en songeant à ces architectures nouvelles, devant répondre aux besoins, à l'activité des foules
énormes et si vivantes de notre temps, l'on ne peut
s'empêcher de penser à une révolution analogue,
qui se fit un jour dans le monde ancien, quand
pour des foules aussi, celles de la démocratie romaine aux siècles des Césars, se créa l'art colossal
des Thermes de Caracalla, des cirques comme le

Colisée, des aqueducs comme ceux de Claude, de Ségovie ou le robuste pont du Gard. Et à propos de ces aqueducs, apportant aux cités l'eau la plus abondante et la plus pure, à propos de ces thermes, je ferai souvenir que jamais l'hygiène ne fut plus étroitement peut-être associée à l'art public et n'a pris une importance plus grande qu'à cette époque. Or, la *Société d'Art Social et d'Hygiène* fondée par moi tendait à rappeler sans cesse et à imposer cette association nécessaire.

Faisant la déclaration de quelques-uns des principes que nous voulons exposer et illustrer en ce livre, nous dirons donc qu'en leur évolution et leur transformation nouvelle, l'architecture et la décoration, devront ainsi se rattacher toujours plus ou moins aux traditions du passé.

Nous ne voulons pas d'art *sans patrie*, et l'art social partout devra garder la sienne.

Mais nul grand art jamais qui ne soit l'expression d'un grand sentiment, religieux ou non, d'une grande foi, d'une grande idée, ou simplement d'un grand orgueil.

C'est par exemple un magnifique sentiment religieux qui créa l'art sublime de notre xiii° siècle, le plus glorieux, le plus pur de l'art français ; et le

même sentiment créa celui de tous les primitifs.

C'est la religion de la cité, de la patrie, c'est
l'orgueil du *civis romanus*, ou celui du citoyen
d'Athènes, de Florence, de Sienne, de Pise, de
Venise, de Nuremberg, qui ont en partie fait naître
l'art éternellement admirable de toutes ces cités.

Notre foi religieuse d'aujourd'hui, si médiocre,
produit la médiocrité, les pauvretés de notre architecture et de notre peinture religieuses ; et si
quelques œuvres demeurent religieuses encore,
c'est qu'elles ont jailli d'une âme de croyant,
comme celle d'un quattrocentiste.

A l'orgueil aussi des aristocraties ou des royautés d'autrefois, à l'idée si haute qu'elles se faisaient
d'elles-mêmes et que l'on se faisait d'elles, ont
répondu le faste, les splendeurs des arts dont elles
s'entourèrent.

Si dans le paysage, et en lui à très peu près
seulement, la peinture moderne est intéressante,
très belle, émouvante encore, c'est que le paysage
a reçu l'inspiration, l'émotion d'une religion nouvelle, celle de la Nature.

Donc, je le répète, rien de grand sans une foi,
un idéal, un grand amour, un grande passion, illusoires ou non.

Or, quelle foi, quelle religion, quels sentiments magnifiques vont donc inspirer ce nouvel art social, pour le faire grand aussi ?

Et nous ne parlons pas de ces énormes besoins nouveaux — ce ne serait pas assez — qui peuvent être également pour lui des causes de quelque grandeur.

La foi que l'humanité, ou une partie de l'humanité, prend dans son avenir, si médiocre et vile dans le présent qu'elle soit encore; le sentiment de la solidarité, de l'union, dont elle commence à avoir conscience, comme devant un jour rapprocher et réconcilier tous ses membres; l'orgueil qu'éveillent justement en elle ses énergies croissantes, ses victoires sur la Nature, tant d'oppressions, de fatalités vaincues, tant de découvertes et de conquêtes de la science, tant d'incalculables puissances dont cette science l'a dotée déjà; le rêve, l'espoir qu'elle va se transformer, sinon en une humanité « surhumaine », du moins en une humanité qui sortant chaque jour davantage de son état d'animalité originelle, et aspirant à plus d'énergie physique, intellectuelle, morale, à plus de bien-être, a plus de joies, les saura conquérir; le rêve, l'espoir que toutes ces foules si bas hier dans leur vie trop souvent obscure et douloureuse, vont donc s'élever peu à peu à une vie plus haute, plus lumineuse, plus libre, plus vraiment humaine; ce rêve fait par quelques hommes de la Révolution, mais dont elle a, par tant de stupidités et de crimes, compromis ou retardé la réalisation pour longtemps, ce rêve que la démocratie, un jour, si elle le voulait, et quelles que fussent sa médiocrité, sa bassesse, la brutalité de ses instincts présents, pourrait devenir, selon le mot de H. Heine, une aristocratie de plusieurs millions d'hommes; l'aspiration à une certaine égalité, éveillée en ces foules par la Révolution encore, égalité que du reste elles n'ont pas comprise ni connue jusqu'ici, ne voyant pas qu'il la fallait d'abord mériter; ce sont tous ces sentiments toutes ces idées, tous ces espoirs, tous ces rêves, toutes ces aspirations plus ou moins vagues, cette foi dans l'énergie humaine, cette sorte de religion de l'Humanité, qui inspireront sans doute, consciemment ou inconsciemment, le nouvel art social, et lui apporteront la grandeur, la beauté par nous voulues et attendues de lui.

SCIENCE ET MARIAGE

Science et Mariage [1]

Peut-être un jour viendra, et peut-être il est proche, où l'on trouvera logique, nécessaire et très simple, de s'offrir à un examen médical, avant de contracter mariage, comme on trouve logique, nécessaire et très simple de l'accepter, quand on veut contracter une assurance sur la vie, — contrat n'intéressant que l'assureur et l'assuré, et où seul est en jeu un intérêt d'argent, — ou de le subir pour entrer dans l'armée, et pour aller aux colonies.

Un jour viendra peut-être, où les deux familles, avant de décider un mariage, mettront en présence leurs deux médecins, comme elles mettent en présence leurs deux notaires, et où les médecins auront le pas sur les notaires, comme les questions

1. Ouvrage médical signé du Dʳ Cazalis. *Dein*, éditeur.

de santé le devraient prendre sur les questions d'argent.

Quelque opinion que l'on se fasse de ces idées, il est certain que beaucoup déjà s'en préoccupent, que d'ici à peu elles seront l'objet de discussions sérieuses, et que l'on examinera avec attention s'il est opportun et s'il est besoin de les défendre et de les faire adopter.

C'est que l'on pourrait, par ces précautions prises, prévenir bien des malheurs et bien des crimes, éviter à des milliers d'enfants, de jeunes gens, de jeunes filles ou de jeunes femmes d'atroces et trop longues souffrances, d'horribles morts dont quelques-unes sont des façons d'assassinats, sauver beaucoup d'êtres pour qui vraiment il eût mieux valu ne pas être, épargner à ceux qui les aiment d'affreuses angoisses, parfois des remords, arrêter enfin sur la voie de la dégénérescence des familles et des races.

L'objet principal du mariage doit être la naissance de l'enfant qui continuera la famille. Son but n'est pas, comme dans l'union libre, l'unique satisfaction de deux désirs plus où moins passionnés, d'un double égoïsme, ou de deux instincts exaltés, bien qu'il soit mieux sans doute qu'un amour réciproque fasse l'union légitime plus étroite encore et plus belle. Mais la passion ou l'amour ici doivent avoir un autre objet qu'eux-mêmes. Tout dans le mariage est subordonné ou doit l'être à cette naissance de l'enfant et en des conditions de vitalité, de santé parfaites ; dès lors les questions d'argent devraient n'intervenir qu'après celles-ci, intervenant très justement ensuite pour la protection de la famille à venir.

La science continuant la religion ou parallèlement avec elle, a donc à veiller étroitement sur lui, et peut-être le saura-t-elle protéger mieux que nulle religion ne l'a su faire ; et à ses yeux il garderait ainsi son caractère sacré, demeurerait comme un sacrement.

En dépit des attaques portées récemment contre elle, certains esprits toujours ne veulent croire et n'espèrent qu'en elle. Aussi bien ou mieux que les religions les plus hautes, peut-être parviendra-t-elle en effet à combattre heureusement dans l'homme l'ignorance et l'instinct brutal, et cette lutte et ses victoires contre ce qui fut et reste l'antique loi naturelle pourraient lui mériter un jour le caractère moral et presque religieux qui lui est dénié, et que ses adversaires la déclarent incapable de savoir jamais acquérir.

Comme la religion ou comme la morale, elle

aussi va troubler des consciences, elle aussi va
mettre en conflits le vieil instinct animal, l'intérêt
individuel et égoïste, avec des obligations supérieures reconnues par elle, obligations sans doute
plus ou moins sévères et oppressives, mais justement sévères et oppressives, étant protectrices d'un
grand intérêt général.

La science en établissant ces obligations, en
reconnaissant ces lois, ces nouveaux « rapports
nécessaires, résultant de la nature des choses »,
la science va donc créer une *moralité nouvelle*, en
rapport avec des *obligations nouvelles*.

La question du mariage va être ainsi reprise
et de très près examinée par elle.

Le mariage a été l'occasion continuelle de conflits
entre la passion et le devoir, ou simplement entre
l'amour et l'intérêt, ou plus simplement encore
entre des intérêts, souvent assez bas : tout le
théâtre et l'art du roman les racontent.

La science aujourd'hui déclare : qu'en certains
états de maladie, l'on n'a pas le droit de contracter
mariage : et par elle ainsi vont être créés des
conflits nouveaux, mettant également aux prises
l'amour et le devoir, l'instinct et la raison, le bonheur, l'intérêt personnel, et cet intérêt général,
que la conscience en nous plus ou moins obscuré-

ment représente. Car il faut cependant que certains attentats, que certains crimes, que certaines souffrances, que certaines morts ne soient plus possibles, et il faut cependant protéger toujours, et sauver la famille et la race.

Donc quelques esprits ont le droit de penser que la science s'élèvera un jour jusqu'à créer aussi une morale et une religion : une morale, puisqu'elle promulguera des devoirs moraux, une religion puisqu'elle établira entre les hommes un lien, des obligations nécessaires en vue d'un très haut idéal, ce qui est à peu près la définition du mot *religio*.

La mort sans doute est nécessaire à la vie, l'inutile souffrance ne semble pas l'être, et la dégénérescence de la race ne l'est pas ; or la tuberculose qui tue 1 million 500 mille des nôtres en 10 ans, fait souffrir aussi (et inutilement, je le crois, sans aucun résultat moral[1]) bien des êtres, beaucoup d'enfants d'abord ; puis la tuberculose en plus, par les survivants qu'elle laisse, je veux dire par les descendants

[1]. Je dis cela, car on a prétendu que toute souffrance était bonne par le bien moral qu'elle apporte.

des tuberculeux, contribue à l'affaiblissement, à la dégénérescence, à la décadence de la race.

La bacillose, je l'admets, est pour la Nature une de ses façons larges de procéder à l'élimination, à l'enlèvement de ses déchets, et la Nature faisant sans cesse parmi les vivants la sélection des mieux doués pour la vie, la bacillose serait donc un de ses moyens très simples de procéder à la disparition des faibles.

Oui, tant de souffrances, tant de morts dues à l'hérédité morbide, voilà ce que l'on ne rappellera jamais assez, et ces morts, chacun sait de quelles agonies lentes, de quelles douleurs aussi elles sont précédées, de quels regards jetés désespérément par ces condamnés, si jeunes pour la plupart, sur la vie et sur ceux qui restent.

Des optimistes trouvent cependant que tout est bien, que la loi de l'hérédité morbide aboutissant trop souvent à la mort est plutôt heureuse, puisqu'au fond elle défend la race, et ainsi ce procédé de salut public, ces exécutions en masses, cette élimination de ses déchets, en la protégeant, une fois de plus leur font admirer la sage ordonnance, et les décrets de la Nature. Quelques-uns de nous cependant se refusent à demeurer ses complices en son gaspillage de la vie. Elle tue sans pitié les germes et les jeunes, s'en étant montrée trop prodigue ; elle détruit sans regret ce qu'elle a créé sans raison ni mesure.

Nous ne pouvons aujourd'hui garder devant ces massacres une indifférence aussi tranquille qu'est la sienne, et nous avons donc à agir dans un sens qui sera contraire au sien.

Ainsi nous voulons voir diminuer dans le monde les semences de mort, les causes, les facteurs de dégénérescence, et mieux protéger cette frêle œuvre d'art qu'est la vie, mais par des procédés plus *humains*, elle, employant volontiers la maladie, la destruction, pour réparer quelques-unes de nos fautes, ou des siennes, telles que l'excès des germes, nous, répugnant désormais à cette simplicité un peu barbare dans ses méthodes d'épuration, à ces façons de corriger son œuvre, et nous ainsi tenus à ne la plus suivre, à ne plus rester ses complices, je le répète, du jour où la justice, où la pitié sont entrées dans notre âme et où nous est apparue la vision claire d'un si affreux désordre.

Un homme reproduit sa race ; il la reproduit mal ; la nature, dans l'intérêt de la race, tue l'enfant.

Peut-être eût-il été mieux et plus simple encore que cet enfant ne fût pas né. Ne sachant donc approuver *en bloc* la Nature, pas plus que cette Révo-

lution qui la copiait parfois, révoltée de ces exécutions par fournées, nous sommes de ceux qui
pensent que la science, comme la religion, doit
très souvent, loin de lui obéir, lui résister, faire
autre chose que ce qu'elle ordonne et à quoi elle
nous invite, la combattre enfin, et qu'il appartient à
la science d'édicter, comme les religions parfois
l'ont su faire, une loi nouvelle, différente sur bien
des points, de la terrible et trop simple loi naturelle.

TABLE

Paris. — Typ. Ph. Renouard, 19, rue des Saints-Pères. — 1104.

EN VENTE A LA MÊME LIBRAIRIE

La Route du Bonheur, par YVONNE SARCEY, 16e édition.

L'Art de la Prose, par GUSTAVE LANSON, 8e édition.

L'Art des Vers, par AUGUSTE DORCHAIN, 12e édition.

La Littérature féminine d'aujourd'hui, par JULES BERTAUT.

Le Petit Roi d'Ombre, par VICTOR MARGUERITTE.

Quelques Actes, par MAX MAUREY.

Le Mari de la Couturière, par HENRI DUVERNOIS.

Les Souricières en pantoufles, par HENRI NICOLLE.

Autour de l'Amour, par GASTON RAGEOT.

Tu seras Roi, par RENÉ BLANDET.

La Petite, par ANDRÉ LICHTENBERGER.

Tolstoï intime, par SERGE PERSKY.

La Foi, par A. PALACIO VALDÈS, traduit par J. LASONS.

Prix de chaque volume : broché. . . . **3 fr. 50**

Paris. — Typ. Ph. Renouard, 19, rue des Saints-Pères. — 19009

SERVICE   PHOTOGRAPHIQUE